The Enormous Egg

院子裡的怪蛋

Oliver Butterworth

奧利佛・巴特渥斯 著 許恬寧 譯

陳安儀 專文導讀

本書獻給我最親愛的批評者

邁可（Michael）、提摩太（Timothy）、

丹（Dan）與凱特（Kate）

【經典新視界】出版緣起

不只是好故事，也是生命中重要的事

回想童年時代，與「閱讀」有關的回憶總是溫暖而充滿愛：晴朗微風的週末午後，父親牽著我的手走進兼賣各式文具、參考書的社區小書店，讓我挑選自己喜歡的書。經過一番躊躇猶豫，把架上的幾本書拿上又拿下，好不容易選定了書（很節制的一次只挑一本），讓書店老闆用素雅的薄紙包起。而後喜孜孜的捧起書，父女倆手牽手，愉快的散步回家，期待不久之後的下一趟「買書小旅行」。

彼時在小女孩心田深植的閱讀種子，如今已發芽茁長，讓我成為悠遊書海的愛書人。而今有幸成為出版人，最美麗的理想便是為孩子們出版好書，讓他們享受我曾經享受過的，關於閱讀的種種美好。

近年來有不少專家學者發表「閱讀與人格發展」的相關研究成果，指出「閱讀小說」是培養解決問題能力的絕佳方式。小說情節往往呼應現實人生；觀察小說主角的思考邏輯與行為模式，擴展了讀者的生活經驗，提升與人群和環境對應的能力。

諾貝爾文學獎作家馬奎斯筆下迷人的魔幻世界，原型來自童年時期外婆娓娓敘述的鄉土神話傳奇。外婆的故事穿過門外的雲絮與穹蒼，緩緩飄升，擴展了幼年馬奎斯的想像，使他融入幾千里外另一世代的眾多心靈，與不同時空的人群同悲共喜。

《哈利波特》作者J. K.羅琳曾在哈佛大學畢業典禮勉勵畢業生：人類是地球上唯一不需要「親身經歷」、便能「設身處地」想像他人心思和處境的生物。而啟動我們內心這股「魔法想像」與豐沛能量的泉源，正來自一部部開展讀者眼界的文學傑作。

義大利作家卡爾維諾說：「『經典』是每次重讀都帶來新發現的書；經典之書對讀者所述永無止境。」

經過縝密的評估、規劃並諮詢專家學者，遠流出版於二〇一六年初春隆重推出【經典新視界】書系，為少年讀者精選世界經典傑作。值得一提的是：其中多數書目為數十年來首見中文版，盼能為讀者彌補過往錯過的美好。這些好書均已在國外長銷半世紀，是一波波時光浪潮淘洗而出的珍珠，更是世界文學史上的瑰寶，榮獲國際大獎或書評媒體高度讚譽，值得品讀、典藏。

每本書不但有好看的故事，更有豐富深刻的議題。我們相信透過閱讀，能讓人生中各個階段重要的思考課題自然融入孩子心中；特別是家庭情感、土地認同、情緒管理、同理包容、人際關係、獨立思考、滋養創意、追尋夢想、公民意識……等。

這些好書陪伴孩子面對成長課題、養成一生受用的態度與價值觀，也幫助成人深入理解孩子的內心世界，成為孩子的傾聽者與陪伴者。為此，全系列每本書均委聘專家學者撰寫深入導讀，培養讀者的精讀力與思辨力，並可作為親子互動或教學活動的指引。

我們期待——透過經典好書涵養孩子的美感品味和情感底蘊；對生活有豐富的感受，對他人有同理包容之心。

我們期待——透過經典好書讓孩子培育深刻思辨、演繹批判和創新領導能力，進而拓展寰宇視野；在學習與成長過程中，站得高、看得遠。

我們深切期待——【經典新視界】為孩子構築與閱讀和家庭相關的美好記憶，讓孩子大口吸納成長的養分，眼中閃爍著被好故事點亮的靈光，看見新視界！

（楊郁慧執筆）

導讀

童年最美的夢

陳安儀（親職作家、閱讀寫作資深教師）

小時候，我有幾本十分珍愛的少年小說：《冰天雪地找飛機》、《十二個孩子的祕密》、《恐龍蛋》……等等。這些書陪伴我長大，每一本都是翻了又翻、看了又看，內容早已滾瓜爛熟、倒背如流。即便歷經無數次的翻閱、多次搬家，書的封面和內頁早已殘破不堪，被我用膠帶黏了好幾遍，但是我依然視若珍寶，小心翼翼的收藏著，而且絕不外借。

直到我念大學時，為了賺零用錢而兼任家教，苦惱於所教的學生不喜歡閱讀，只好挖箱底找出我的寶貝，想吸引他們也能遨遊書海。我還記得，當我捧著那本黃色封面、上面畫著一個男孩牽著一條繩子、繩子的另一端拴著一隻三角龍的《恐龍蛋》時，實在是千千萬萬個不放心。我珍而重之的將這本心愛的書交到學生手上，一而再、再而三的囑咐他倆：「這本書我很喜歡，已經絕版了，千萬不能弄丟喔！一定要還給我！」

後來，家教結束了，書卻不知去向。我心愛的《恐龍蛋》終究不見蹤影。痛失愛書後，我一直記著這份遺憾。「谷歌」問世之後，多次上網試圖找尋這本舊書，但是其他的二手書都買齊全了，就是這本《恐龍蛋》，怎麼樣也找不到。我常常跟學生、孩子提到這本有趣的書，很希望能跟他們分享，然而關於恐龍的書雖多，這本既充滿幻想、又寫實描繪的精采小說，卻再也找不到了。

大約兩年前吧，有一次，我無意間跟編輯郁慧提到了這本舊書，她很感興趣。介紹了一下內容之後，我並沒抱太大的希望。畢竟，年代這麼久遠的少年小說，我既不知英文原名，又不記得作者的名字，要找到書並簽下版權，恐怕不容易吧？

沒想到，不到一年後，我竟然再度收到了這本書！

遠流簽下版權之後，重新翻譯，更名為《院子裡的怪蛋》。收到書稿時，我欣喜不已，立刻鄭重的介紹給兒子：「這是媽媽小時候最最最最心愛的一本書！」

兒子接過書稿，好奇的翻開了第一頁。果然，他就此一路看下去，再也沒有放下。從臺北到宜蘭的車程上，他一句話也沒說，看得十分專心，一個多小時後，才伸個懶腰，意猶未盡的說：「嗯！真的很好看！」

我問兒子：「怎樣？這本書很精采吧！」

兒子點頭：「媽，我覺得新版本的書名《院子裡的怪蛋》比較好。因為這樣一來就不會先『破梗』，保留了神祕感。」我聽了笑著點頭。

記得童年時閱讀這本書，我一度以為書中所寫的是真實故事，因為無論是人物的設定、說話的語氣、還有恐龍生長的過程……樣樣都唯妙唯肖、栩栩如生！我無數次幻想自己是書中的譚啾啾，假想著自己要是可以豢養一隻龐然大物，牽著牠去散步，不知道是什麼情景？幼小的我每次閱讀時，都會跟著書中主人翁的心情時而開心、時而焦急、時而期待、時而緊張。後來，情節急轉直下、鬧上新聞，更加高潮迭起。這本書在六十年後的今天看來，仍是一樣的精采、一樣的吸引人！

如果說，每個人童年心中都有一個夢，無疑的，我的夢就是《院子裡的怪蛋》。謝謝遠流讓它重新出版，讓更多孩子享受這本美好的少年小說。

推薦文

閱讀愛與關懷

子魚（兒童文學作家）

不知為什麼，「恐龍」對孩子有一股擋不住的魅力。可以這麼說：孩子都是恐龍迷，尤其是男孩。

很多孩子翻閱恐龍圖鑑和書籍，手玩恐龍玩偶，這是自然科學層面的知識性閱讀。但充滿想像的恐龍兒童文學作品似乎不多見。

《院子裡的怪蛋》就是一本關於恐龍的兒童文學作品。作者奧利佛・巴特渥斯早在一九五六年就已經完成這本書，可謂跨世代兒童文學經典作品。

一本經典作品總要涵蓋許多要素。「幽默」永遠是吸引孩子的最高原則；「知識」是讓孩子必然的受益；「生活」則貼近孩子的心靈。《院子裡的怪蛋》巧妙融合了這些要素。

有些問題也許不會在現實生活中出現，但可以假想萬一真的發生了，該怎麼辦呢？

後院的母雞生下一個超大的怪蛋，怪蛋孵化後，出現一隻渾身無毛、有點像蜥蜴的古怪生物。經過鑑定是一隻恐龍……

或許你會問，母雞怎會生下恐龍蛋？先不要想這個問題。這本來就是一本充滿奇幻色彩的書，任何想像都可能存在。故事就是這樣開始的。

精采的故事要有高潮迭起的情節，情節的張力來自「衝突」的衍生。《院子裡的怪蛋》在看似荒誕怪異的想像中編織情節，卻是有情有義投入愛與關懷的故事。

「閱讀」是生命中一件重要的事。本書被譽為「美國不可忘懷的好書」，開卷有益，你讀的不只是奇幻和想像，而是生命中最需要的愛與關懷。

有趣又有益的故事

林文寶（臺東大學兒童文學研究所榮譽教授）

一隻母雞生了一個巨大怪蛋，這顆怪蛋在主角的悉心照顧下，竟然孵化成一隻三角龍。沒錯，母雞生了恐龍！

這是一部相當有趣的小說。在閱讀的過程中，除了可以享受作者順暢幽默的文筆，更值得一提的是，竟然在不知不覺中，學到許多三角龍的相關知識。真是不可思議！

當一隻活生生的恐龍出現在你的生活裡頭，到底會發生什麼有趣的事？

這是一本光看書名就會讓人不斷垂涎的小說，因為這個故事實在太豐美可口了。

賞讀經典作品的多重意涵

桂文亞（兒童文學工作者）

本書以從容舒放的文體風格，掌握了一部經典作品的多重意涵：

一、以假擬真，重塑恐龍精確的生命史，讓大小讀者過足飼養一隻恐龍的癮！同時得到許多有趣有益的科學知識。

二、父母師長開明尊重的教育方式，印證當今教育界推動兒童自主性學習的必要性。走出教室、走進生活，課本不是唯一的學習工具。

三、藉由政客的誇張顢頇、商人的唯利是圖，對比兒童的純真善良，同時也凸顯了媒體效應與公民正義。

關於「價值」的思考

楊裕貿（臺中教育大學語文教育學系副教授兼系主任）

如果有一天，家中飼養的母雞生下巨蛋，任誰都會感到驚奇；更何況，這個巨蛋還孵出了一隻恐龍，就更讓人難以置信了。

隨著恐龍的誕生，引發一連串「價值」的討論。滅絕多年又復生的恐龍，到底有多少價值呢？書中的主角譚啾啾會如何看待，是否會受到金錢的利誘？而科學家、商人、國會議員又是如何估算？「生命」可以用金錢來計價嗎？人的生存權高過恐龍或其他動物嗎？這些都是本書在精采的情節鋪陳中，帶給讀者省思的深刻觀點。

在童趣的故事中圓夢

管家琪（兒童文學作家）

擁有一頭恐龍當寵物——哇！這大概是很多孩子的夢想吧！

這是一本高度寫實性的童話，和作者巴特渥斯同時代的另一位美國作家E. B. 懷特的《夏綠蒂的網》等三部經典兒童文學作品也是這樣的風格。

「寫實」是童話中一個不易處理的元素，因為童話的本質是著重幻想，所以很多童話一開始都要說「從前」，想馬上把讀者帶到想像的國度，然而巴特渥斯用活潑輕快又充滿童趣的文字，帶著孩子們圓了「養恐龍」的美夢（當然，譯者的流暢譯筆也功不可沒）。

尋找自己的答案

蔡幸珍（新北市書香文化推廣協會理事長）

母雞生蛋不稀奇，稀奇的是母雞生的蛋竟孵出三角龍。哇塞！三角龍要怎麼養呢？吃什麼？長得多快呢？飼主又將面臨什麼樣的難題呢？難題又是如何被一一化解呢？閱讀本書將滿足讀者對飼養三角龍的一切好奇心！

恐龍不是在幾千萬年前就滅絕了嗎？想不到蛋裡竟孵出三角龍，難怪會吸引大批的媒體、科學家和世人的追逐。作者將商人藉著恐龍行銷的貪婪之心描寫得淋漓盡致，也暗諷媒體報導誇大不實，而科學家爭論不休和議員的迂腐短視、大人不尊重孩童、不重視恐龍的價值……等等行為，更是被作者大大嘲弄一番，還好有古生物學家齊博士作為對照組，他尊重飼主（即使是個孩子）的意願，不賣弄學識，懂得陪伴並尊重孩子的決定，也明白三角龍真正的價值，成為本書中「理性大人」的代表。

相對於世人一窩蜂瘋恐龍，並想從中獲益，小男孩則是抱持單純愛恐龍、無所求的心，兩者之間強烈的對比，製造「反差」的趣味，而小男孩的媽媽對恐龍無動於衷、處之泰然的態度，也是一絕。原來，一件事物的價值如何，都取決於你用什麼眼光去面對，答案則因人而異！

目錄

1 超大的蛋

大家好，我叫譚啾啾。很好笑的名字，我知道，但沒辦法，又不是我取的。反正這個名字我已經用了十二年，習慣了。去年夏天，自由鎮發生一件大事，很多人因而知道我的名字，所以我猜大家現在也習慣了。自由鎮——沒錯，我住在美國新罕布夏州的自由鎮，那是個小地方，一共只有幾戶人家，所有人都住在同一條街上。除了一家商店和一間教堂，什麼都沒有。喔，差點忘了，還有一間學校。我家離緬因州很近，大約只隔了五公里，不過老爸說我們還是跟州政府所在地和睦市一樣，屬於新罕布夏州。只不過總得有人住緬因州旁邊。

我爸在鎮上開了一間報社，叫《守護自由報》，每週出刊一次，家裡的人會幫忙把一份又一份的報紙寄到附近小鎮，例如埃芬埃鎮或中奧西皮鎮。我猜辦報大概賺不了多少錢，不過我們家還養了幾隻雞、一頭羊，還有菜園，所以生活不成問題。

抱歉，拉拉雜雜講了這麼多我家的情況，我想講的其實是另一件事。該怎麼說呢？還是從去年春天開始講好了。是這樣的，白太太又開始開窗了。冬天的時候，她都關著窗戶睡覺，但等到四、五月天氣回暖，她晚上就會開窗。每年老爸都仰賴白太太的動靜判斷春天到了沒，等她開窗才種豆子。老爸說她比農民曆還準。

白太太的房子和我家一前一後排在一起，她家窗戶正對我家後院，也就是我們養雞的地方。春天時她向老媽抱怨，說我們家的公雞一大早就開始啼叫，每天都吵醒她，要我們把雞處理掉。

白太太抱怨的隔天，我們在吃早餐時召開了家庭會議。老媽說，不能因為我們想養雞，就打擾到鄰居。老爸也說，每個人都有權養動物，不過敦親睦鄰比較好，畢竟我們家的山羊就養在她家後面的空地。我妹小欣則說，那隻討厭的老公雞會怎樣，不關她的事。我有點氣小欣那樣說，那隻雞我們可是養了六年，是住在波波鎮的阿胡叔叔送給我們的，我滿喜歡牠。我知道小欣為什麼討厭牠，這隻新罕布夏紅雞眼神凶惡，每次都拍著翅膀猛追小欣。

我才不管小欣討厭還是不討厭，我提議應該想想辦法，讓雞不要一大早就叫。如果可以不叫，就能留著，白太太也能睡個好覺，大家都高興。

老爸問：「你要怎麼讓雞不叫？天亮時公雞都會啼叫，那是牠們的本能，改不了的。」

我說：「或許可以在晚上的時候，把雞關在地下室，地下室很黑，雞不知道什麼時候天亮，就不會叫了。」

老媽不贊成我的辦法，因為她非常討厭讓雞鴨進到屋子裡。我說我每天早上都會幫忙清理雞籠，老媽還是說不行，不過老爸說就試一陣子好了，「畢竟不能不審判就宣判這隻雞的命運。我們這裡叫自由鎮，這麼做等於是破壞美國的自由精神。」

老媽最後同意試試看。我家的公雞叫「先知」，每天晚上我把先知帶到地下室，早上再放出來。「先知」其實是舅公的名字，我們把雞也取了同一個名字，因為老爸說那個名字實在太妙了，應該傳下去。

就這樣，大約有一個月的時間，每天晚上我把先知帶到地下室，白天再抱出來。先知很討厭進籠子，每天晚上我想抓牠時，牠都死命掙扎、一直亂叫，還用翅膀打我的臉，弄得地上都是羽毛，灰塵滿天飛。而且牠一開始亂叫就會驚動母雞，整個雞舍便亂成一團。

每天都要抓雞實在很煩，我開始氣自己，幹嘛為了救一隻公雞，給自己找這麼多麻煩？但各位也知道，如果是你自己說要做一件事，就不得不硬著頭皮做下去，不然別人就會說：「看吧，早就跟你講事情會這樣。」把先知關起來是我提議的，所以我得負責，就算地下室散落一堆要清理的羽毛，也不能說不幹了。有時大概才凌晨三點，先知就開始亂叫，幸好地下室的門擋住一點聲音，不算太吵，家裡的人並沒抱怨。

六月中左右，發生了一件怪事。我注意到有一隻母雞很詭異，大約有一星期的時間，牠整個身體像吹氣球一樣腫起來，還歪到一邊，全身羽毛一根根豎起。平常母雞過於緊張、無法放鬆的時候，就會像那樣。老爸覺得那隻怪母雞大概是要生蛋了，所以不肯動，要我沒事就趕牠起來走一走，不要老窩在原地。但我總覺得事情沒那麼簡單。那隻母雞變得超大隻，連走路都有困難，每次都要千辛萬苦才能爬進窩內，我不忍心一看到牠坐下來，就要牠起身。就這樣過了一星期，母雞的身體愈腫愈大，似乎連牠自己都嚇了一跳。

一天早上，我把先知抱到空地，順便到雞舍看看母雞，結果天哪，我看到一顆塞滿整個雞窩的巨蛋！我這輩子沒看過那麼大的蛋。母雞搖搖晃晃站在雞窩旁，偏著頭瞪著那顆蛋，好像在研究那究竟是什麼鬼東西。我摸了摸那顆長型的蛋，蛋殼像堅韌的皮革，比較像海龜蛋，不像雞蛋，而且大得像哈密瓜——搞不好比哈密瓜還大。

我衝進屋裡，大聲宣布我們家的母雞剛剛生下全世界最大顆的蛋，叫大家在蛋殼破掉之前快去看。老爸、老媽、小欣馬上衝進雞舍。我怕他們過去的時候蛋已經不見了，幸好還在，而且母雞已經坐在上頭，努力用身體覆蓋住蛋。但是蛋實在太大，母雞一臉疑惑，沒料到自己會生出這種蛋，不過既然蛋都生出來了，就想辦法孵孵看。我覺得母雞實在很偉大。

老爸一開始還以為是我在惡作劇，斜著眼瞄我，但大家把母雞抱起來、仔細檢查那顆超大的蛋之後，覺得應該是真蛋沒錯，只是很怪就是了。老爸抓了抓頭，先看看母雞，再看看蛋，然後又看著母雞，說：「這不太可能吧！這顆蛋幾乎和母雞一樣大，怎麼會是牠生的？」

妹妹問：「要怎麼處理這顆蛋？」

老爸提議：「我們可以煮來當早餐。這麼大一顆蛋，不曉得要煮幾分鐘才會熟？」

老媽說：「不行！搞不好是蛇蛋，不准用我的廚房煮那種怪東西。」

老爸說：「如果是蛇蛋也太大了。」

我說，就讓母雞孵孵看好了，孵出來就知道是什麼蛋啦。

老媽說：「一定沒好事。我覺得八成是很恐怖的動物，萬一是鱷魚或是龍什麼的，馬上給我拿去丟掉！」

老爸說：「遵命，譚太太。」然後對我眨眨眼：「我們絕不會把一條龍帶進家裡。」他把母雞放回蛋上，母雞差點滑下去，猛拍翅膀想保持平衡。我們全家人回屋裡吃早餐，老爸說太好了，今天的報紙有新東西可以寫，不用再寫鄰里社區的八卦。

我很興奮家裡冒出那麼大一顆蛋，小欣則覺得幹嘛大驚小怪，也不過就是一顆蛋。不過等她知道會孵出什麼之後，她會跟我一樣興奮到說不出話來。

2 毫無進展

照顧這顆憑空冒出來的巨蛋很不容易。蛋太大，我家可憐的母雞實在孵不來。是這樣的，母雞孵蛋的時候會坐在蛋上面，然後不時把蛋轉一轉，讓每個地方均勻受熱。我覺得這種事大家都知道，不用特別解釋，但老爸說我們寫作的時候，不能假設讀者什麼都知道，因為你根本不曉得是誰會看到你寫的東西。所以在接下來的故事中，如果我開始講你已經知道的事，請跳過就好。我猜有的人大概一輩子都住在城市，所以不曉得母雞如何照顧蛋，也不曉得很多農場上的事，我最好還是聽老爸的建議，一邊說故事，一邊解釋。老爸應該很懂寫作的事，畢竟他是辦報的人。

再回到我家的母雞。那顆神祕的蛋太巨大，母雞無法自己翻面，所以我一天得幫牠翻個三、四遍。除此之外，我還用稻草把蛋包起來保溫。我和母雞白天合作無間，只是弄得我很忙，幸好學校已經放暑假，不然我根本沒空幫忙孵蛋。不過因為要照顧這顆蛋，我的暑假計畫也被打亂，每次划船到盧恩湖釣魚，才在忙著把我們不愛吃的太陽魚丟回湖裡，又到了該回家翻蛋的時候。如果我回家晚了一點，母雞就會非常焦躁，我猜牠大概覺得我應該準時回家。有一陣子，我本來還擔心母雞不孵了，不過牠還是一直很努力，所以我也繼續幫忙。

然而晚上的時候，我就不知道該怎麼幫了。老媽不准我為了一顆蛋半夜爬起來，老爸也覺得我應該好好睡覺，不然作息會被打亂。老爸老媽大概是一番好意，不過半夜起來沒什麼，只要蛋能孵出來，要我做什麼都可以，這可是幾百年才碰上一次的大機會。

我說我願意幫忙，老爸還是不答應，他說他晚上睡覺前會幫忙把蛋翻一翻，然後我早上一起來也翻一次就夠了，剩下的就交給命運吧。我不曉得老爸說的「命運」是什麼意思，因為他自己也半夜偷偷爬起來。有一天晚上，我因為腳不小心碰到毒漆藤，癢到睡不著，跑到雞舍想幫忙翻蛋，結果你猜我看到誰從雞舍裡走出來？就是老爸！

老爸被我逮個正著，表情超尷尬，乾咳了幾聲，說什麼天氣熱睡不著，所以過來看看，但廚房的鐘指著半夜三點，怎麼可能還沒睡著。

吃早餐的時候，我問老爸是不是每天晚上都偷偷爬起來。老爸一直戳碗裡的穀片，攪來攪去，好像在裡面找鈕扣一樣，最後說什麼不管蛋有多大，他都不會為了一顆蛋不睡覺，只不過偶爾剛好還醒著，就去雞舍瞧瞧。我注意到老媽的嘴角偷偷彎了一下。

算了，別管老爸是不是偷起床，我現在忙得不可開交。每天早上一起床就得到雞舍幫巨蛋翻面。我們把巨蛋的雞窩挪到雞舍一角，還弄了一個圍欄，讓母雞舒舒服服、安安穩穩的待在裡頭。每天一早，我先幫母雞弄飼料、加水，然後到柴房撿一大把木柴堆進廚房，放下木柴後，就得到地下室提出雞籠。把先知放到養雞的空地上之後，我原本還得幫山羊擠奶，不過小欣說要幫我擠，因為現在我還得負責幫蛋翻面的麻煩事。不得不說，這次小欣實在很好心，因為她其實討厭擠羊奶。

吃完早餐後，小欣待在廚房幫老媽做事，我跟著老爸去印刷廠。如果是出刊日，我會幫廠內的席先生整理報紙，接著騎腳踏車到鎮上送報。如果那天不用送報，我會幫忙掃起地上的鉛字條，放進鐵鍋融化，可以再重新鑄字。工作做完後，我會去找住對面的小喬，兩個人一起去盧恩湖釣魚。不過每隔幾小時，釣魚釣一半的我就得跑回家翻蛋，不能有任何閃失。

大約過了一星期，一天早上，一個陌生人跑來我家，說想要看那顆蛋。他說他替我們這個州中部的拉科尼亞一家報社工作，老闆想報導我家母雞生下的巨蛋。我帶他到雞舍，他拍了幾張照片，問了幾個問題，還用手指戳了戳蛋，結果被母雞啄了一口，氣到不行，離開時一直吸著手指頭。

男人走了之後，又來了兩個波士頓《基督科學箴言報》的人，他們說在別家報紙看到自由鎮的母雞產下巨蛋的新聞，也想跟進報導，因為他們的報社向來對奇聞異事很感興趣。兩人拍了蛋的照片，還拍了母雞和先知，接著又拍我妹餵雞的照片。這也太假了吧，雞平常根本不是小欣在餵，是我好嗎。他們問了一堆有的沒的，像是為什麼我家的公雞叫先知，還想知道《守護自由報》的發行量有多大、自由鎮有多少居民。他們問了好多根本和蛋沒關係的事，最後拿出捲尺量蛋，還用隨身攜帶的手秤秤重：蛋的短圓周三十八公分，重一・五公斤。記者留在我家吃午餐，還吃了兩份派才走。

過了幾天，葛阿姨寄來《基督科學箴言報》的剪報。阿姨住新罕布夏州東南部的基恩，是個中學老師。報紙上刊著一張小欣餵母雞的大照片，以及一張巨蛋的小照片。照片底下有一篇報導：

自由鎮發現巨蛋

【新罕布夏州自由鎮六月二十四日訊】

新罕布夏州自由鎮小雖小，卻有一顆巨蛋。當地譚瓦特家飼養的母雞，最近產下史上最大的雞蛋。

譚先生宣稱，他家的母雞在六月十六日生下這顆驚人的巨蛋。先前幾天母雞焦躁不安，接著就產下圓周四十六公分、重約一・六公斤的蛋。

譚先生和譚太太有兩個孩子，十二歲的譚啾啾和十歲的譚小欣。譚先生是地方報《守護自由報》的老闆兼編輯，該報每週發行八百份左右。譚家人決定讓自家母雞繼續孵蛋，或許那顆蛋能成功孵化。譚先生坦承，他也不曉得那顆蛋會跑出什麼東西，「或許是某種驚人的生物也說不定。」

總之，我終於熬完三個禮拜的孵蛋期，但什麼事都沒發生。告訴大家一個常識，以免有人不曉得：一顆雞蛋孵化大約需要三星期。我仍然一有空就跑雞舍，但巨蛋一點動靜也沒有。老爸吃完晚餐後也會去看兩、三次，但同樣什麼都沒發現。我一定看起來悶悶不樂，因為老媽安慰我，要我別擔心，或許大顆的蛋本來就需要比較多的時間才會孵化。

然而，又過了整整一星期，巨蛋還是文風不動，這次就連老媽都覺得大概沒希望了。老爸看起來很沮喪，我猜他也很期待蛋可以孵出來，就和我一樣。接著一個月過去了，一天晚上，老爸看著我，擺出一張苦瓜臉。

老爸說：「啾啾，你一直在等蛋孵出來對不對？」

我說對。

「而且你非常辛苦的照顧那顆蛋，還幫忙餵母雞，但這下子看來，一切的努力都是白費了，是不是？」

我點頭，一句話也沒說。

老爸走過來，手搭在我肩上。「啾啾，人活在世上就是這樣，總是有失望的時候，不會事事順心。光是發現那麼大顆的蛋，就已經很厲害了，即使沒孵出來也沒關係。」

「你們要怎麼處理那顆蛋？」老媽想知道答案。

「蛋已經不新鮮了，」老爸回答，「我們可以捐給博物館，博物館會想辦法保存，還會放上一塊牌子，上頭寫著**新罕布夏州自由鎮譚啾啾捐贈……**」

「我還不想捐給博物館，」我打斷老爸，「我想先確定能不能孵出來。或許這顆蛋得孵滿五星期，誰知道？畢竟這不是一顆普通的蛋。」

「那你打算等多久？」小欣問，「你整個夏天都要照顧那顆蛋嗎？別忘了，爸爸說暑假要帶我們去法蘭科尼亞峽谷露營。」

老爸坐在沙發上，伸了伸腿，開口勸我：「啾啾，大家都知道你照顧那顆蛋很辛苦，你做得很好，但該放棄的時候就不要強求，知道嗎？」

我答應老爸：「我不會逞強的。」然而，雖然我表現出沒什麼大不了的樣子，心裡卻很失望。我告訴自己，再過一個星期就好，蛋還是孵不出來的話，就真的放棄吧。

3 陌生人的預言

我家母雞是全天下最有耐性的母雞，牠已經坐在蛋上頭五個星期，卻完全沒有放棄的意思。我得承認，其實到後來我有點偷懶，一天只翻兩、三次蛋——早上和晚上餵雞的時候各翻一次，有時中午吃過飯也翻一次。我開始覺得無趣，畢竟已經過了那麼久，而且現在天氣很熱，蛋就算不翻大概也沒關係，甚至母雞白天不坐在上頭都可以，等晚上比較涼的時候再孵就行了。不過母雞始終很盡責的照顧那顆蛋，讓我覺得如果比牠早放棄，實在很過意不去。母雞花的時間比我多太多，牠都沒抱怨，我有什麼好抱怨的？

其實蛋孵不孵得出來都無所謂，自從我不那麼常幫蛋翻面之後，就有更多時間釣魚，所以再等等也沒關係。我每天做完所有家事、掃完印刷廠、熔化完鉛字，就會拿著釣竿和一罐魚餌跑到盧恩湖。

奇妙的事發生的那天早上，小喬和他爸開卡車到肯薩瀑布載木頭，所以我一個人到湖邊釣魚。

早上天氣很熱，出發釣魚之前，我脫掉褲子、上衣，先游了一會兒泳，才爬進小船，把船划出沙灣，心情很不錯。湖邊幾棟小屋住著來鄉下避暑的人，他們也來釣魚。其實盧恩湖小小的，比池塘大不了多少，但水裡有很多肥滋滋的鱸魚。

我把船停在自己常釣魚的礁石附近，從罐子裡挖出一隻又肥又大的蟲，裝在魚鉤上，接著就舒舒服服的靠在船邊，用腳趾頭夾著魚竿。這種釣魚方式很輕鬆，一點都不累，只要不慌不忙，別毛毛躁躁，魚就會自動上門。

然而今天釣了半天，根本沒有半條魚過來吃餌。太陽很大，魚大概都躲在陰涼的角落。我想起家裡的巨蛋，心中一陣失望，花了那麼多力氣照顧，卻什麼都沒孵出來。或許小欣說得對，幹嘛一整個夏天照顧一顆莫名其妙的蛋？但是話又說回來，那顆蛋那麼大，孵五個禮拜也不算太久，有的鴨蛋就得孵五週。

不過，把那麼多時間都用在照顧一顆蛋，確實是滿浪費的，但我也說不上來為什麼，這次我就是無法放棄。如果給那顆蛋足夠的時間，搞不好會孵出什麼「稀有動物」哩。

我想了又想，還是再孵一星期好了，到七月底就好。如果七月底還是孵不出來就放棄，一顆蛋不值得浪費那麼多時間。

想著想著，傳來一陣划槳聲，我拉高帽子，看看是誰過來了，結果是個矮矮胖胖的陌生男人，穿著白上衣，戴著白帽子，夏天的時候大家都穿一身白。陌生男人在離我十幾公尺的地方停下，接著掉轉船的方向，對著我講話。

「小朋友，有沒有釣到魚啊？」那個人的臉又圓又紅，眼鏡不時從又塌又短的鼻梁往下滑。

我說沒釣到。

「今天大概比較適合游泳，不適合釣魚。」他說。

「沒錯。」我說。

「你住這附近嗎？」

我點頭。

那個人沒說什麼，所以換我找話題，說：「我就住在前面那個小鎮。」男人往後靠，手肘撐在船邊。

「那你一定知道哪裡的魚最多。」那個人笑了起來，「不過我不會逼你說出祕密地點。」

我搖頭。

他打開放在船底的棕色紙袋，說：「我想吃午餐了，你有東西吃嗎？」

「要來個火腿三明治嗎？」他給我看他的三明治，「我不需要吃這麼多東西，我太胖了。」

我告訴他，我得回家吃飯。

「太可惜了，如果你隨身帶著午餐，就不用特地跑回家吃飯了。」

「反正也不遠。」我告訴他，「而且翻蛋的時間到了。」

男人正要咬三明治，卻停了下來。「你要翻什麼？」

「我的蛋得翻一翻。」我說。

男人看著我，好像看到什麼詭異的東西。「你可以解釋一下嗎？」他問，「什麼叫**你的蛋得翻一翻**？」

好吧，翻蛋真的聽起來有點奇怪，我笑了出來，告訴那個人：「我家母雞上個月下了一顆超大的蛋，真的有夠大，大到嚇死人。我希望那顆蛋會孵出東西，所以一直幫忙把蛋翻來翻去。蛋太大，母雞沒辦法自己來，我本來一天翻好幾次，但最近覺得大概孵不出來了，所以一天只翻三次。」

男人盯著我，眉毛抬得高高的，白帽子底下的額頭擠出皺紋。他比畫著吃到一半的三明治：「啊！之前報紙是不是有報過？我記得是《華盛頓郵報》。我喜歡蒐集罕見的蛋，所以注意到那則報導。你姓陳對不對？」

「我姓譚。」我說。

「喔，對，你姓譚，沒錯。我想起來了。那顆蛋有四十六公分，重一・八公斤。」

「一・五公斤，而且只有三十八公分。」

「對，差不多。」男人把船划近一點，「報紙通常都會誇大。讓我想想……

嗯……對了，你叫什麼名字？」

「啾啾。」我說。

「好。我姓齊。」他自我介紹，「啾啾，那顆蛋是什麼時候出現的，你還記得嗎？」

「六月十六日。早上我帶先知出地下室的時候，發現那顆蛋。我們把先知放在地下室，因為牠吵到鄰居。先知是我們養的一隻老公雞。」

齊先生說：「喔，我還以為先知是你爺爺。我比較想知道蛋的事。那顆蛋是什麼形狀？跟一般雞蛋一樣是橢圓形嗎？你知道的，一頭圓圓的，一頭尖尖的，所以不會滾出窩外？」

「不太一樣，那顆蛋是瘦長型，有點像香腸，但當然大很多。」

「這樣啊……」齊先生遞給我一個三明治，「拿去吧，這個給你吃。我在吃東西的時候，如果旁邊有餓肚子的小孩一直盯著我，我會消化不良。沒關係，拿去吧。」

我收下三明治。我很餓，連包裝紙都能吃下去。齊先生滿嘴都是食物，每咬一口，臉頰都會鼓起來。

「那蛋殼呢，啾啾？蛋殼是什麼樣子？」

「喔，有點像皮革，就像有的時候雞蛋殼會有一點軟軟的，但又很堅韌，用手指輕壓會微微凹下去。」

齊先生揚起一邊的眉毛，但什麼都沒說，只是很慢的嚼著三明治，像在反芻一樣，然後一直盯著湖面看，一直看一直看，時間久到我還以為他忘記我們在聊天。

「你說像皮革……」

我點頭。

「嗯……這是不可能的……太瘋狂了，絕對不可能。不過……」齊先生轉頭問我：「啾啾，可不可以帶我去看你家的蛋？我是個收藏家，特別喜歡稀奇的標本。」

「好。」我答應他。

我們划到岸邊，綁好船，走進屋裡時，全家人都在吃午餐，所以我先帶齊先生到雞舍。我把母雞提起來，牠站在一旁，伸長脖子看我們在做什麼。齊先生蹲下去，雙手放在膝蓋上，仔細觀察那顆蛋。他小心翼翼的用手指摸摸按按，然後又非常輕柔的把蛋拿起來，翻來翻去仔細研究，接著又搖一搖，放到耳邊聽聲音，最後終於把蛋放回雞窩，再將稻草蓋回去，站了起來。他一句話也不說，一直摸下巴，還對著蛋皺眉頭，喃喃自語：「這是不可能的……」

「這是什麼蛋啊？」我問。

「什麼蛋啊……聽著，啾啾，你確定你可以繼續照顧這顆蛋嗎？母雞沒有不耐煩？都這麼久了，你說蛋六月十六日就生下來了，對不對？我看一下……」齊先生從口袋裡拿出一本小小的行事曆，「也就是說到昨天就五個禮拜了，到二十八日就六個禮拜了。啾啾，我可不可以跟你爸爸談談這件事？」

我帶齊先生進屋，向全家人介紹他。齊先生向媽媽和小欣點頭致意，然後和老爸握手。「陳先生，很榮幸見到你。」

「是譚先生。」我提醒齊先生。

「喔，對對對，是譚先生，真抱歉。譚先生，你兒子有一顆很大的蛋，我覺得很可能會孵化，說不定一週內就會孵出來……」

老爸問：「你真的這麼認為？」

齊先生雙手一攤：「我是說有可能。我不想讓你們燃起希望接著又落空，不過我覺得有可能。那顆蛋不會有事吧？沒有人會破壞那顆蛋吧？這裡沒有狗還是什麼的嗎？那顆蛋真的很稀奇，如果發生什麼意外就太可惜了。」

老爸微笑著說：「已經超過一個月，目前沒有人去打擾那顆蛋。」

「沒錯，目前是這樣，但我們得確定那顆蛋孵化之後，也不會有人去打擾。你也知道，那可能會是一隻……嗯，長相奇特的生物。」

「這樣啊……」老爸看著齊先生，覺得這個人有點怪怪的，「我們可以在雞窩旁圍一圈柵欄，確保那顆蛋的安全。」

「太好了，太好了。還有一件事，蛋孵化的時候，可以打電話給我嗎？我住在麥家，就在盧恩湖旁邊。蛋一孵化，請馬上打電話給我，多晚都沒關係。」

「沒問題，齊先生。」老爸問，「你知道那是什麼蛋嗎？」

「什麼都有可能，我不敢亂猜。不能講出來，不然你們會覺得我瘋了。我得先走了，各位請繼續用餐。我等你們的消息，再見。」

我們全家人站在門邊，目送齊先生離開，然後我們回到餐桌旁，老爸看著我，說：「你覺得齊先生說的『長相奇特的生物』是什麼意思？」

「天曉得。」我說。

4 這是什麼怪物啊？

接下來一週時間過得好慢，我大概每隔半小時就去看一次蛋。齊先生說蛋應該能孵化，我等不及想看看會跑出什麼動物，可是每次去看，蛋只是靜靜待在雞窩裡，就跟一個半月前一樣，什麼事都沒發生。就連母雞也開始無聊，好像牠覺得已經拖太久，能不能孵化都沒差。真糟糕，現在可不是放棄的時候，終點就在眼前，萬一母雞不肯孵，我看我自己坐在蛋上面好了。

星期六終於來臨，那顆蛋還是一點動靜也沒有。一整個早上我不時跑去雞舍看，老媽說：「啾啾，欲速則不達。」我實在不懂，大人怎麼那麼有耐性。中午的時候，全家人開始吃飯，但我根本坐不住。

老爸一直在觀察我，他說：「啾啾，你知道的，不要抱太大期望。你這麼期待，萬一蛋沒孵化，你會很失望。你也知道機率本來就不高，我從來沒聽過蛋過了五星期還會孵化。」

「可是齊先生說這個星期可能孵化。」

「齊先生有說他是醫生嗎？」老媽分析，「但就算他是醫生，也不代表什麼都知道。他是都市人，根本不懂養雞的事。」

「啾啾，媽媽說得對。」老爸搭腔，「齊先生大概是紐約或費城的大醫生，可能是看眼睛，還是耳朵、鼻子或喉嚨什麼的。他或許看病很厲害，但是沒人找過他看一顆怪蛋。」

小欣咯咯亂笑：「齊先生總不能叫蛋伸出舌頭說：『啊——』」

我不覺得這件事有什麼好笑的。如果你花很多心血用心照顧過一樣東西，你不會覺得那件事可以隨便亂開玩笑。「可是齊先生好像很懂的樣子，」我說，「他好像專門蒐集蛋。」

「我們也是啊，」老爸說，「我們一天撿兩次蛋，也是蛋的專家。」

老媽說：「再說，這顆蛋是新鮮事，我不覺得齊先生以前看過這種蛋，他怎麼可能知道會發生什麼事？」

老爸大笑。「我不覺得你可以說已經過了六週的蛋新鮮，除非那是一顆恐龍蛋。或許齊先生蒐集恐龍蛋。」

「爸爸，別亂開玩笑。」老媽抱怨，「好了，每個人都不准講話，趕快把飯吃完，我準備了藍莓派當點心，藍莓是小欣星期四到湯家採的。」老媽走到烤箱前，拿出派，擺在切麵包的板子上。一滴藍莓醬從派皮裡滲出來，整塊派熱騰騰的，看起來美味極了。

「不要亂講什麼恐龍蛋！」老媽說。

沒人開口講話，只顧著狼吞虎嚥的把派統統吃光。吃完飯我又跑去看蛋，但依舊什麼事都沒發生。

晚餐也一樣，睡覺前也一樣，蛋還是一點動靜也沒有。晚上的時候，老爸一直講要去法蘭科尼亞峽谷露營的事，我猜他大概是想轉移我的注意力，讓我不要一直去想蛋的事。老實講，我覺得好像真的無望了，雖然很難過，還是得放棄。我上樓睡覺，告訴自己就算蛋孵出來也沒什麼，可能只是三倍大的小雞，而且那種突變的動物都活不久。

隔天一早我就起床了，心情很差，還是想想露營的事好了，別再想那顆蛋。我走到地下室，把老公雞放出來。先知跟平常一樣，拍了拍翅膀，然後就一直動個不停，羽毛打在我臉上，而且不曉得是誰把水桶和拖把放在樓梯上，害我一個不小心摔倒。先知從我懷裡掙脫，在廚房裡跑來跑去，我追了好久，才終於把牠趕到外頭空地。真是夠了！不管是雞還是蛋，我都不想管了。

我生著悶氣，一開始沒發現異狀，走到雞窩前撒了一把飼料給可憐的老母雞，轉身正要走開。就在那個時候，我發現事情不對勁。母雞沒待在窩裡，一直在旁邊走來走去，眼神看起來很瘋狂，而且一靠近雞窩就嚇得跳起來，拍拍翅膀彈開。我靠近雞窩一看，哇！雞窩裡有東西，而且是活的，在動！

一開始我還以為是老鼠什麼的弄破蛋殼偷吃蛋，但仔細一看，不是老鼠。那個東西跟松鼠差不多大，但一點毛也沒有，牠的頭——天啊，我不敢相信。我以前從來沒看過動物有那種頭，三個小角突出來，脖子上還有一圈東西，像是蜥蜴還是什麼的，粗粗的尾巴一直在雞窩裡掃來掃去。我家可憐的母雞看起來很沮喪，我猜牠沒想到會孵出這種東西，我也沒想到。

我站在原地，瞠目結舌，全身像凍住了一樣，只能呆呆看著那隻奇怪的動物。接著我大喊大叫，用最快的速度衝過空地，跌進廚房，老媽被我嚇了一大跳，手上的鍋子掉進水槽。老爸跑下樓梯，手裡拿著刮鬍刀，半邊臉都是肥皂泡沫，小欣也跟在後頭。

「搞什麼！」老媽罵，「啾啾，你在幹什麼？」

「是活的！」我大喊，「是活的！會動，尾巴搖來搖去，而且頭上有角，看起來像蜥蜴，一根毛都沒有。母雞轉來轉去，不曉得該怎麼辦……」

「啾啾，停一停。」老爸命令我，「你看起來像活見鬼了，為什麼要大喊大叫？」

我氣喘如牛，幾乎說不出話。「那顆蛋，」我說，「孵出來了！」

「**什麼！**」老爸大叫，「真的？怎麼不早說？」老爸跑下樓梯，衝到門外，手裡還拿著刮鬍刀。我抓著老媽的手，要她趕快去看，小欣也已經跑出去，連鞋都忘了穿。老媽說：「拜託，不過就是一顆蛋而已，幹嘛那麼興奮！」

我們全家人站在雞窩前。老爸彎下腰仔細觀察。老媽還在碎碎念：「為什麼要全家人衣服都還沒穿好就跑過來，只不過是一顆蛋孵化了……我什麼都看不到，這裡太暗了。爸爸，你把牠拿出來，到底是什麼動物？」

老爸依舊彎著腰，直直盯著雞窩裡的生物，一直喃喃自語：「我的天啊！我的天啊！」小欣擠到老爸身旁，仔細看了一眼，便放聲尖叫，連遠方的郵局都聽得見。母雞受到驚嚇，跟著亂叫，拍著翅膀不斷繞圈，先知也跟著叫，山羊也叫，整個家一團混亂，每個人同時開口，誰也聽不到別人在說什麼。

等到大家終於冷靜一點，老爸說：「啾啾，你進屋打電話給齊先生，還記得嗎？他想第一個知道，他住在麥家。」

接線生貝太太接起電話時，我請她幫我接通麥家*，但貝太太說現在才早上六點半，度假的人沒那麼早起床，「確定不要晚一點再打嗎？」貝太太平常幫大家接電話，光聽聲音就知道話筒的另一端是誰。

*譯註：本書寫於一九五六年，當時電腦尚不普及，電話必須以人工方式接通。

「這件事很緊急，」我告訴貝太太，「我要找齊先生，他住在麥家，他交代我蛋一孵化，就馬上打電話給他……」

「喔，啾啾，你的蛋孵出來啦？」貝太太問，「真棒，裡頭是什麼？」

「貝太太，你都不知道，那東西超怪的。你最好幫我接通麥家，齊先生要我馬上打電話給他，蛋一孵化就打。」

「好吧，啾啾，我幫你接接看，但他們是華盛頓人，跟我們不一樣，不會那麼早起。」

我聽見貝太太撥號的聲音，電話一直響、一直響，但沒人接。最後終於有人接起電話，聲音沙啞：「哈囉？」

我說：「我要找齊先生，謝謝。」

對方問：「齊先生？他還在睡覺，你哪裡找？」

「我是譚啾啾，齊先生說蛋一孵化就打給他，不管幾點鐘都沒關係。」

「蛋孵化？你在說什麼？」

我連忙解釋：「我家有一顆蛋，齊先生想看孵出來的東西。聽他講這件事好像很重要，他說他蒐集蛋。」

「這樣啊……」電話的那一頭說，「他說他蒐集蛋?真好笑。好吧，我會轉告，但現在還很早，你等一下。」

電話那頭斷了聲音，過了很長一段時間後，我聽見又有人拿起話筒。

「哈囉，啾啾，是你嗎？」

「是我，齊先生，那顆蛋終於孵出來了。」

「真的啊！是活的嗎？」

「絕對是活的。」我說。

「長什麼樣子，啾啾?可以形容一下嗎？」

「看起來超怪的，像一隻大蜥蜴，可是頭上有小小的角……」

電話那頭傳來歡呼聲，齊先生大叫：「我馬上過去！」接著我只聽到撞來撞去的聲音，齊先生好像忘了掛電話。

5 準備宣布大消息

我們全家人呆呆望著雞窩裡的東西，一個身穿睡衣、外頭罩著紅浴袍的男人跳下車，飛奔過空地，朝著我們跑來，一臉興奮。啊，是齊先生。

齊先生跑到雞窩前，看清楚裡頭的東西後，眼睛睜得好大，他蹲下身子，一副不敢相信的樣子，視線完全移不開。過了一會兒，齊先生輕聲說：「真的是，天啊，真的是。」他繼續瞪大眼睛，過了好長一段時間後，搖了搖頭說：「不可能有這種事，但真的發生了。」

齊先生站起來看著我們全家人，眼睛閃閃發亮，手搭在我肩上，我感覺到他在發抖。齊先生輕聲說：「發生了神奇的事。我不曉得要如何解釋，肯定是一千年才發生一次的生物突變。」

「到底是什麼？」我問。

齊先生用顫抖的手指著雞窩：「信不信由你，你們孵出一隻恐龍。」

我們全家人八隻眼睛一起望著齊先生。

「我知道這聽起來非常不可思議，」他說，「我無法解釋，但真的是恐龍。我見過很多三角龍的頭骨，錯不了的。」

老爸不敢相信：「可是……怎麼可能是恐龍？」

「上帝啊！我們家後院生出一隻恐龍，這怎麼可能，而且還發生在做禮拜的日子……」老媽語無倫次。

小欣聽到是恐龍，好奇得很，一直探頭看雞窩，擠眉弄眼的扮鬼臉，就像上次老爸把一碗青蛙腿拿進廚房時一樣。女生大概天生不喜歡爬蟲類動物。老實講，我有時候也不喜歡，但我覺得眼前這隻生物還滿可愛的，或許是因為我顧蛋顧了很久，覺得這隻小恐龍就像家人一樣。

大家站在原地，一直盯著雞窩裡剛孵出來的奇特生物。天啊，我們有一隻恐龍，真的很難相信。齊先生冷靜下來，和老爸一起把雞窩的柵欄弄得更牢靠一點，以免小恐龍爬出來。齊先生看了看可憐的老母雞，想著是不是該把牠弄出去，以免牠瘋掉。老爸覺得那是個好主意，抱起母雞，讓牠待在外頭。一開始，母雞有點弄不清楚狀況，但過沒多久，牠就和外頭其他母雞一起找蟲子吃。

齊先生說：「我這輩子第一次看到母雞嚇成這樣。」

老媽突然意識到我們全家人看起來像什麼樣子。「小欣，你還穿著睡衣！馬上進屋換衣服。爸爸，你只剃了半邊鬍子，我的天啊！鄰居會以為我們瘋了，而且我們大家都還沒吃早餐！這是怎麼搞的？齊先生，和我們一起吃吧。」

齊先生說：「好啊，太感謝了。」突然間，他看到自己身上的浴袍，「可是我也還沒換衣服。」

「沒關係，」老爸說，「現在不是擔心衣服的時候。家裡孵出恐龍的時候，我們都穿浴袍。」

齊先生大笑，所有人走進屋裡。老媽準備了非常豐盛的早餐，大家狼吞虎嚥，吃下一堆培根、一堆蛋，還有剛出爐的比司吉，好像餓了幾天一樣。

齊先生往後一靠，拍了拍肚子。「好多年沒吃過這麼棒的早餐了。譚太太，我願意開幾個鐘頭的車來這裡吃比司吉。」

老媽說：「你大概很少有機會好好坐下來吃一頓早餐，當醫生的人一定每天忙得要死，常常有急診病人，白天和晚上都得看病。」

老媽的話似乎讓齊先生嚇了一跳，他連忙澄清：「你大概弄錯了，我不是幫人看病的醫生，我是古生物學家。我的病人在五千萬年前就死了。」我看到齊先生對老爸眨了眨眼，原來他不是齊醫生，而是博士；英文的「醫生」和「博士」是同一個字*，我們搞錯了。

小欣張大了嘴：「五千萬年前……什麼是古生……你說你是什麼？」

齊博士看著我：「啾啾，你知道我是做什麼的嗎？」

「唔，不知道……」我結結巴巴，「不太知道。」小欣那個討厭鬼，我聽見她在偷笑。

齊博士說：「古生物學家就是對古代生物有興趣的人。我們到處尋找動植

＊譯註：「醫生」和「博士」的英文同為「doctor」。

物的骨頭和化石遺骸，了解古代有哪些生物。其實我應該叫自己古動物學家，因為我對動物特別感興趣，像是恐龍。那就是我急著想知道啾啾的蛋會孵出什麼的原因。」

「誰想得到會有這種事，」老媽說，「你是古生物學家，所以你覺得那顆蛋可能會孵化。」

「我的確希望孵得出來，」齊博士回答，「你也知道，目前為止我們只能研究恐龍的化石，只找到骨頭、牙齒、腳印等等。我們知道的不多，一直到今天之前，沒人看過活恐龍。事實上，我們先前甚至不確定恐龍是不是卵生，直到一九二三年美國探險家安得思在戈壁發現恐龍蛋。所以你家後院的這隻恐龍非常重要，全世界的科學家都會感謝啾啾一家人照顧了這麼寶貴的蛋。」

齊博士一直講個不停，過了好一會才想起自己手上拿著一塊比司吉。他切開比司吉，抹了一點奶油，接著掃視我家廚房，額頭微微皺了起來，「這是一個寧靜又美好的地方，不過這下子麻煩了。等消息一傳開，科學界會為之瘋狂，恐怕這裡會起很大的變化。科學替人類做了很多好事，不過科學也引發很多騷動。我會發電報給國立博物館的同事，說我看見**活的三角龍**，他們一定會搭第一班飛機從華盛頓趕來，當然，前提是如果他們相信我。接著他們會在報紙上正式宣布這件事，全世界的科學家和好奇的民眾統統會跑來，這裡會吵得跟菜市場一樣。府上的後院會變得和車站一樣熱鬧，一堆人踩在你們的花圃上，到處亂丟垃圾。真是不好意思，因為我，你們的生活會被打擾。」

「我們一定得告訴別人我們家有恐龍嗎？」老媽問，「這是我們家的事，跟別人無關。」

齊博士微笑，搖了搖頭。「譚太太，不管我們要不要說出去，外界遲早會發現。除此之外，我有義務告訴同事我發現的一切事情，他們如果發現新東西，也會告訴我。我們科學家不喜歡互相藏著祕密，科學家不做那樣的事。」

「我們可以把恐龍送到博物館或動物園，」小欣提議，「這樣的話，所有叫古什麼東西的人就可以到博物館參觀，不會吵到我們。」

齊博士看著我：「啾啾，你覺得呢？你願意把恐龍送到博物館嗎？我可以帶牠到華盛頓國立博物館，那是我工作的地方，我保證絕對會好好照顧牠。」

「那樣的話，我就看不到小恐龍了。」我說，「我不覺得我會喜歡那樣。我不是科學家，但我也對恐龍有興趣。你知道的，能擁有一隻恐龍可不是每天都會發生的事。」

「啾啾，我了解。」齊博士說，「不過我覺得應該告訴其他科學家這件事。你說該怎麼辦？」

老爸說：「這樣吧，這段時間啾啾照顧那顆蛋很辛苦，我覺得他有權留下恐龍。此外，齊博士也有義務告訴全世界他知道的事，所以齊博士最好現在就去發電報，而我們則在一堆人跑來以前做好心理準備。或許該想點法子，讓我們家不會被踩爛。」

「我想想，」齊博士摸了摸下巴，「我們可以規定參觀時間，例如早上八點到傍晚以前，或是你們喜歡幾點都可以，而且一次只讓幾個人進來參觀。至於電話，我不曉得可以怎麼辦，一定會有很多人打電話過來，如果白天和晚上鈴聲都響個不停，你們會被吵得受不了。」

「貝太太可以解決這件事，」老媽說，「如果晚上有人打電話過來，她可以要他們等到早上再打，這種事她很擅長。」

小欣說：「白天我可以幫忙接電話，就像祕書一樣，一定很好玩。電話響的時候，我就接起電話說：『早安，這裡是譚家。』然後我會寫下對方的名字還有留言。這是很好的練習機會，對吧，媽媽？」

我告訴大家：「我可以當動物解說員，我會說：『各位女士、各位先生，請往這邊走。先生，請注意那裡的牽牛花，不要踩到。各位眼前是全世界唯一的一隻活的三……三……那個字怎麼講？』」

齊博士說：「是唯一**已知的**活恐龍。啾啾，我們講話的時候要科學一點。」齊博士轉頭看著小欣：「這位年輕的小姐，接下來是你的第一項任務。請拿紙筆過來好嗎？」

小欣從電話那裡抓來筆和一疊紙，在齊博士身旁坐下。

「準備好了嗎？」齊博士問，「請把我接下來說的話，拍一封受話人付費的電報，給美國華盛頓特區國立博物館的甘福德。」齊博士停下，等小欣記下人名，才念出電報內容：「**出生一天的活三角龍。快來。齊。**」他看到小欣不會寫「三角龍」，還教她怎麼寫，然後往後一靠，自顧自的偷笑：「真希望目睹阿甘看到這封電報的表情。好了，我得回去換件衣服。大隊人馬統統跑來之前，我們大概還有幾個鐘頭可以準備準備。啾啾，午餐後我會再回來，我們一起替你的恐龍做個圍欄，然後餵牠吃點東西。謝謝你們招待我吃早餐。」

齊博士離開後，老媽馬上動起來。「小欣，動作快，去寄電報，再回來洗碗。我到樓上收拾東西。啾啾，你最好現在就去幫山羊擠奶，然後洗個澡，換上體面的衣服。我們只有四十五分鐘，然後就要去教堂了。」

「喔，老媽，我們今天一定得去教堂嗎？」我抱怨，「等人們統統跑來看恐龍之前，我有很多事得做。發生了這麼重要的事，一天不上教堂也沒關係吧。齊博士說整個科學界會為之瘋狂，不是嗎？」

「不可以。」老媽命令，「我們家只不過是後院多了一隻恐龍，怎麼可以就不上教堂。現在每個人開始行動，快點！」

6 我的超酷炫寵物

上完教堂，我看見小喬在他家後院，便上前和他講話。

「嗨，小喬，你猜我的蛋孵出什麼東西？」我說。

「一隻鴨？」他問。

「不對。」

「火雞？」

「不是。給你一個提示，有四隻腳。」

小喬看著我，臉皺了起來。「兩隻鴨？」

看來小喬不可能猜出來，所以我直接告訴他：「是一隻**恐龍**。一隻小小的、活生生的恐龍，很炫吧？」

「聽你在胡扯，」小喬罵我，「想騙誰啊？」

「**是真的**，快點過來，我給你看。牠頭上有小小的角，其他地方也和三角龍一模一樣。」

我和小喬穿越馬路，走到我家後院，蹲在恐龍窩前。一開始，小喬看不到恐龍，但眼睛適應黑暗之後就看到了。「媽啊，是一隻大蜥蜴！」小喬往後退了一點，「你說牠是從蛋裡冒出來的？我覺得一定有毒。」

「不曉得。」我回答。我之前沒想過這個問題，得問問齊博士。我覺得**好像**沒有毒。

小喬問：「你要餵牠什麼？」

「我也不知道。」我說，「但我會弄清楚，然後我會馴服這隻恐龍，牠將成為全世界唯一一隻寵物恐龍。」

「那不是恐龍，」小喬說，「只是一隻大蜥蜴。你怎麼會覺得是恐龍？」

「是齊博士說的，齊博士是古……古什麼東西，在博物館工作，很懂恐龍的事。他真的很懂。先前他知道那顆蛋會孵化，而且也知道是什麼蛋。」

小喬雙手扠腰，搖了搖頭：「你猜我是怎麼想的？他只是在開你玩笑。那些夏天來度假的城市人自以為聰明，只因為我們這裡是新罕布夏州自由鎮，他們就覺得我們是鄉巴佬，什麼都不懂、很好騙。我爸是這麼說的。」

小喬的媽媽在叫他。小喬說：「糟了，我忘記搬木柴，待會見！」

我不同意小喬的看法。齊博士看起來不像會捉弄人，而且他一開始看到恐龍的時候相當興奮，還發了一封電報到華盛頓。

午餐過後，齊博士開車過來。他走進後院的時候，我坐在地上看恐龍。「哈囉，啾啾。」齊博士向我打招呼，「我們的小怪獸怎麼樣了？還活著嗎？」他彎下身子親自確認，「還活著，看起來很好。啾啾，牠大概餓了，我們最好讓牠吃這輩子的第一餐。」

「牠吃什麼？」我問，「我們得用嬰兒奶瓶餵牠喝牛奶嗎？」

齊博士大笑：「不，啾啾，恐龍不喝牛奶。牠們和蛇還有海龜一樣是爬蟲類動物，牠們破殼而出的時候，就已經可以吃成年的爬蟲類動物吃的東西。三角龍是草食性動物，所以我們只需要幫牠準備草就可以了，或是樹葉、荷葉、生菜……偶爾還要給牠碎石頭。」

「石頭？」我問，「恐龍吃石頭嗎？」

齊博士微笑著說：「啾啾，雞的牙齒長什麼樣子？」

「雞沒有牙齒，」我回答，「牠們的砂囊裡有小石子……等等，你是說恐龍和雞一樣有砂囊？」

「有些有。科學家挖出恐龍化石時，偶爾會在恐龍的骨頭中間發現一堆圓滑的石頭。一開始，大家不曉得那些石頭是什麼，直到有一天靈光一閃——那是砂囊裡的石頭！有的石頭跟人類腳丫子一樣大。」

「恐龍有砂囊聽起來好奇怪。」我說。

「不會比雞有砂囊奇怪，對吧？不管怎麼說，我們先餵小恐龍一點草和一點葉子，看看牠比較喜歡吃什麼。」

我和齊博士在院子裡撿了一些楓葉，然後又到柵欄外拔了一大把草，放好一堆草，一堆楓葉，接著坐下來等，看小恐龍要不要出來吃。我猜小恐龍看見了我們準備的食物，因為牠開始站起來，四隻腳看起來軟軟的，走起路來搖搖晃晃。小恐龍走到陽光下時眨了眨眼，但繼續往前走，接著把頭埋進草堆，大口大口吃了起來。

我說：「看來小恐龍比較喜歡吃草。」小傢伙一直吃、一直吃，直到一根草也不剩，只剩嘴邊沒吃乾淨的一小根草，接著又搖搖晃晃走到葉子堆旁吃起葉子。

「看來牠也喜歡樹葉。」齊博士說，「快吃完了，真快！」

我馬上多拔一點草，又多撿一點樹葉。齊博士說：「把草和葉子混在一起，看小恐龍先吃哪一種。」

然而小恐龍沒有先把草或葉子挑出來，而是一起大口吞下。吃完後，牠用後腳搔了搔脖子，接著選了個陽光充足的地方躺下。

齊博士說：「牠的胃口可真好，吃那麼多，看來我們要忙著一直幫牠找食物了。很可惜我們不能把牠放在牧場上，牠還太小，如果爬過柵欄，山羊會傷到牠。」

我告訴齊博士：「我家的母羊很溫柔，連小貓都不會欺負。」

齊博士不贊同：「羊也許不會欺負小貓，但看到恐龍會怎麼樣就很難講了。動物看到以前沒看過的東西往往情緒激動，就跟人一樣。我們最好等小恐龍大一點，再把牠放到牧場上。對了，我們應該製作牠的成長紀錄。你家有沒有磅秤？」

「廚房就有，我媽沒在用。我們應該把小恐龍帶到廚房量體重嗎？」

「我看最好還是把磅秤拿到這裡，」齊博士說，「你知道的，女生通常不喜歡爬蟲類，別惹麻煩。你去跟媽媽商量一下，讓我們借用一陣子。」

我跑到廚房拿磅秤。我告訴老媽我們要做什麼，她說我可以把磅秤留在外頭，她不想讓「那個東西」碰過的物品留在廚房。看來齊博士說對了。

我們把磅秤放在地上，我走到小恐龍旁邊，想要抱牠。小恐龍的皮膚有一點藍藍的，跟蜥蜴一樣，還有個長得像鳥喙的嘴部，有點像擬鱷龜。當然，小恐龍長得沒有擬鱷龜那麼凶惡，不過誰知道恐龍的脾氣怎麼樣。我站在原地看著小恐龍。我想抱牠，但我從來沒抱過恐龍，不確定該怎麼抱。

齊博士看著我。「怎麼了，啾啾？小恐龍看起來會攻擊人嗎？」

「我只是在研究要怎麼抱才對，」我說，「牠的嘴巴看起來很尖，我不想被咬，你覺得要怎麼抱才好？」

「老實講，我從來沒碰過活恐龍。我的恐龍全是一堆古老的化石，從來不會咬我。」齊博士走過來，「讓我們來看看這小傢伙有多愛生氣。」他用腳輕輕碰了小恐龍的腳一下，小恐龍坐起來左右張望，看起來很想睡覺的樣子。

齊博士說：「牠看起來還滿鎮定，心情也不錯，要讓我先抱牠嗎？」

其實我沒有特別想抱小恐龍，但我覺得我應該當第一個抱牠的人，因為**牠是我的恐龍**！而且我不想讓齊博士覺得我很膽小，所以我說：「不，我來！」

「好，啾啾，你來抱。我建議你從後面抱著牠的前腿就好。牠的脖子很短，轉頭應該也咬不到你。輕一點，別嚇到牠。」

我慢慢的、輕輕的抱住小恐龍的身體。小恐龍動了一下，但沒咬我。牠的皮膚感覺暖暖的，有一點滑，又有一點軟。等到牠似乎習慣我把手放在牠身上之後，我慢慢抱起牠，放在廚房磅秤上。小恐龍被舉起的時候，踢了幾下，但上了磅秤後立刻安靜下來，靜靜坐在上頭，尾巴垂在後面，我猜牠想睡覺。

我和齊博士看了看指針數字——一・九三公斤。他把數字記在小本子上。

齊博士說：「當然，這已經不是牠剛出生時的重量，我們得用估算的方式得知牠的原始體重。來吧，我們來撿和剛剛分量差不多的草和樹葉，儘可能一樣多，然後量一量重量，看看剛才小恐龍吃了多少東西。」

我們倆開始撿草和樹葉，量起來大約半公斤多。

「你的小寶貝可真會吃啊，」齊博士說，「牠吃了超過自己體重三分之一的食物。讓我看看，也就是說，牠剛孵化的時候大約重一・三六公斤。」齊博士在本子上記下數字。「好，接下來量牠的長度。」齊博士從口袋裡拿出捲尺，「啾啾，請你抱小恐龍到地上。」

我把小恐龍抱回地上，拉直牠的尾巴，從頭一直量到尾巴最尖端的地方。三十四・三公分。齊博士記下數字，然後又量了小恐龍的頭和尾巴長度，每隻腳也量一量，每量好一個數字，就仔細的寫在筆記本裡。

我問齊博士：「你說這是什麼恐龍？」

「三角龍。」齊博士一邊量小恐龍的後腿，一邊回答。「讓我看看，骨盆到跖骨，十一‧四公分。」

「齊博士，三角龍有毒嗎？」我問。

「沒毒，啾啾，三角龍皮很厚，牠們有盔甲，不需要靠毒素保護自己。股骨，五‧一公分——喔，不對，是四‧四公分——我不習慣量還有皮膚的骨頭。如果我覺得牠有毒，還會要你抱牠嗎？脛骨，五‧一……」齊博士一邊量一邊念個不停。

齊博士量完後我問他：「三交龍會長到多大？」

「有時候會超過六公尺。啾啾，是三**角**龍，不是三**交**龍。」

「六公尺！」我大叫，「六十公分還差不多，你是不是說錯了？」

「我沒說錯，是六公尺。當然，那還包括尾巴，而且三角龍成年之後，重量會達到十噸。」

「十噸！」我差點跌倒，「天啊，那我們得撿多少草和菓子才能餵飽牠！牠多久後會長那麼大？」這下子我緊張了，那麼大一隻的話，白太太的草一天就會被吃光。

「不要擔心，我確定要很久以後才會長那麼大。其實我們不太清楚恐龍長多快，因為我們以前從來沒碰過活恐龍。我們知道牠們有多大是因為我們找到恐龍化石，不過並不曉得牠們要多久的時間才會長到最大，也不知道牠們會活多久，成長速度又是如何。那就是為什麼我們得仔細記錄這個小傢伙的一切，科學界會非常感興趣。」

廚房紗門砰的一聲打開，小欣拿著一張紙飛奔過來。

「齊博士！」她大喊，「有你的電報，華盛頓發來的，有人打電話通知我們，我寫下來了。」

小欣把紙交給齊博士。他拿起來一讀，眉毛挑高又放下，挑高又放下。

小欣說：「我寫得很匆忙，所以字有點醜。」

「哼！真是的，」齊博士說，「多疑的老傢伙。啾啾，你自己看。」他把紙遞給我。

小欣的字真的有夠亂，我看了很久，只認出一小段：

姓齊的，別鬧了……天氣有夠熱，我不想聽笑話……甘博士

齊博士說：「怎麼會這樣？老甘真是個大笨蛋！有一次我不小心把牛骨加進他的古伊犁龍化石，他就再也不相信我了。來吧，小欣，我們直接打電話給老甘，要他快點過來，不然的話，我們只好讓紐約的自然史博物館搶先知道消息。這個老傢伙不喜歡輸給別人，他一定會過來。」

齊博士和小欣進屋，我坐到楓樹下乘涼，今天有夠熱。小喬馬上出現，在我旁邊坐下。

小喬問：「啾啾，你的蜥蜴怎麼樣了？」

「那不是蜥蜴，是恐龍。」

「跟你賭，一定不是恐龍。我問過我爸了，他說世界上才沒有恐龍這種東西，根本沒人看過恐龍。幾個瘋子科學家因為找到一堆以前的骨頭，就自己亂編故事，說什麼有恐龍。」

「以前也有恐龍，」我說，「沒人看過不代表一定沒有，而且如果世界上

沒有恐龍，我的恐龍又是從哪裡來的？」

小喬說：「你亂說，才沒有恐龍。」

「就是有。叫**三交龍**還是什麼的。如果**三交龍**不是恐龍，那你說是什麼？」

「你亂說。」

小喬有時真是怎麼講都講不通。

7 晚安，畢舅公

齊博士從後門走出來。

「好了，」齊博士說，「我打電話跟甘博士說，要是明天中午他還沒到，我就找自然史博物館的古生物學家。我終於讓他相信我沒騙人，他會搭最早的班機從華盛頓趕過來。」

齊博士和我一起坐在楓樹下。小欣用托盤端了四杯檸檬水過來，大家坐在地上，用非常慢的速度喝，希望能喝久一點。

齊博士說：「現在這裡又寧靜又美好，我們多享受一下吧。大概再過二十四小時，自由鎮就會熱鬧起來！」

小欣說：「到時候我就要忙著接電話，我猜會有人從很遠的地方打電話過來，像是波士頓或波特蘭，多好玩。想想看，那些聲音居然是從波士頓的電話線傳過來，多神奇啊。」

「我猜還會有人從更遠的地方打來。」我說，「說不定會有紐約的電話，甚至是芝加哥。」

「聽你在胡說八道，啾啾，」小喬打斷我，「芝加哥哪會有人聽過你的蜥蜴？芝加哥可是在俄亥俄州西邊。」

「芝加哥不在俄亥俄州，」我說，「芝加哥在密西根還是哪裡，反正不是在俄亥俄州，而且不是蜥蜴，是恐龍。我告訴過你了，你自己問齊博士。」

小喬說：「看起來就是蜥蜴。」

齊博士用吸管攪了攪檸檬水，讓底下的糖浮上來。他挑眉看著小喬，似乎在偷笑。「恐龍的確是**某種**蜥蜴，恐龍的英文『dinosaur』意思剛好就是『恐怖的蜥蜴』。」

小喬還是不相信：「可是恐龍怎麼會從母雞下的蛋裡頭跑出來？實在太奇怪了。」

齊博士聳了聳肩：「我也不知道，這件事怪就怪在這裡。大自然偶爾會惡作劇，讓小牛只有三條腿，或是小雞孵出來的時候腳上有蹼，跟鴨子一樣。有時候動物會隔代遺傳，出現祖先的特徵。就像我是紅頭髮，可是我家沒有人和我一樣，會有人奇怪我的紅頭髮是從哪裡冒出來的，後來發現我的高祖母是紅頭髮，我是遺傳她。這樣你們懂嗎？」

大家點頭。

「如果我們追溯到很久很久以前，例如幾百萬年前，你們會發現鳥類和爬蟲類是親戚，那就是為什麼牠們有的地方幾乎一模一樣。我舉個例子，雞和烏龜哪裡一樣？」

「雞和烏龜一樣？」我看著小喬，小喬看著我，我們想不出來雞和烏龜哪裡一樣。

小欣說：「牠們都會下蛋。」

啊，對耶。我和小喬覺得自己很笨，居然沒想到。小欣那麼討厭動物，她怎麼會知道？我覺得她甚至沒正眼瞧過烏龜。女生觀察到的東西，大概比你以為的還要多。

齊博士說：「沒錯，雞和烏龜都會下蛋。」

小喬突然雙眼發亮：「烏龜的皮膚粗粗的像鱗片，雞的腳上也有像鱗片的東西。」

齊博士說：「非常好，小喬。」

我說：「而且牠們都沒有牙齒。」

齊博士點頭：「答對了。鳥類和爬蟲類有相似的地方，恐龍也是一種爬蟲類，一定是哪裡發生基因突變，所以蛋孵出來的時候，跑出雞某個遙遠的祖先。這不是一個很科學的解釋，不過我自己也搞不太懂。這件事實在很奇怪。」

小喬盯著齊博士：「我還以為你是科學家，科學家不是什麼都知道嗎？就跟老師一樣？」

齊博士笑著搖搖頭：「不是的，小喬，科學家並不是萬事通，沒有人是萬事通，就連老師也不會什麼都知道，不過科學家一直在努力找出答案。」

齊博士站起來，拍了拍褲子膝蓋上的灰塵。「我想我該回麥家了，他們一定奇怪我跑到哪去了。啾啾，晚一點再餵你的恐龍吃一次草，明天早上甘博士會到這裡，我會過來跟他碰面。」

晚餐之前，我先去餵雞，然後又拔了一大把草，放進小恐龍的圍欄。小恐龍搖搖晃晃走出來，馬上開始吃草。媽媽叫我進屋吃飯的時候，牠還在大口大口吃個不停。

老爸問我：「啾啾，你給恐龍取名字了嗎？」

「還沒，」我回答，「你有建議的名字嗎？」

「這個嘛，我也不曉得，」老爸慢吞吞的說，「我知道的最棒的名字，都已經用在家裡的牛羊身上，或許你媽娘家那邊還有好名字。我記得好像……等一下，那個人叫什麼名字？是你舅公，對不對？」

老媽說：「啊，你一定是在說畢約翰舅公。」

「沒錯，就是他！」老爸大喊，「我想起他照片上的樣子，他和小恐龍長得滿像的……」

「爸爸！」老媽大叫，「畢舅公是大好人，只是老了之後脾氣比較差，不准說他壞話。」

「這又不是壞話，」老爸說，「這應該是很榮幸的事。如果小恐龍和畢舅公同名，畢舅公的名字就會永遠在歷史上流傳。」

「唔……」老媽在偷笑。

「畢舅公……畢舅公……畢舅公……」我試著念出這個名字，看看適不適合小恐龍，小欣笑個不停。

「好吧，」我說，「習慣之後，這個名字還不錯。如果媽媽覺得沒關係，我就替恐龍取這個名字。」

吃完飯後，我去看小恐龍。草都吃光了，一根也沒剩。小傢伙躺在自己的窩裡。黑暗中，我看見牠的身影，我開始喜歡上牠了。

「晚安，畢舅公。」我跟小恐龍說晚安，然後進屋裡去。

8 眼見為憑

隔天早上，我們家才剛吃完早餐，就有人用力敲門。我去開門，一個高高瘦瘦、提著小行李箱的人，一臉不悅的站在我家門前。

「齊博士在嗎？」

「不在，」我說，「他不住這裡。」

「那他住哪？這裡是譚瓦特家嗎？」

「這裡就是譚家，但齊博士不住這，他住麥家。」

「麥家？那個鬼地方在哪裡？」

我指著右邊的路。「沿著這條路往下走八百多公尺，一直走到分岔的路口，然後選右邊那條路……一定要選直直朝右的那條……如果選中間那一條，你會走到肯薩瀑布，那就走錯了。走右邊那條才對，然後一直往下走……一直走，就會碰到一個大轉彎和石牆，石牆上有一道門，但沒上鎖，因為那裡已經不養母牛了……」

「喔，不養嗎？」高瘦的男人說，「真是太棒了，太美好了。」我覺得他聽起來一副不耐煩的樣子。

「現在不養了。」我解釋，「現在那裡長滿松樹還有黑莓樹叢，反正不管怎麼樣，你就走下去。過了轉彎之後，旁邊有一條路，樹上有一個牌子寫著桑家，但字很模糊，因為油漆都掉光了。以前那塊地方的主人是桑先生，但兩、三年前，他把地賣給夏天來這裡度假的人。然後沿著那條路往下走，你會看到另一條路……」

「你到底在說什麼！」男人氣急敗壞，「什麼這條路、那條路、看不見字的牌子，還有不存在的母牛！你把我弄糊塗了。如果我走進那塊野地，我會迷路，就連聯邦調查局都找不到我。一定是那個姓齊的在耍我，我一開始就這麼覺得。如果他不住這，幹嘛叫我來這棟房子？」

這下子我明白了。我問：「你是不是甘博士？」

「我當然是。我真是個大白痴，居然相信別人的惡作劇。」

「齊博士沒有惡作劇。」我說，「我們的確有一隻恐龍，昨天才孵化。」

「你怎麼知道是恐龍？誰告訴你的？」

「齊博士說的。」

甘博士氣呼呼的看著我。「我就知道。新罕布夏州的人是怎樣？你們不曉得恐龍六千萬年前就滅絕了嗎？」他把行李箱重重放在門廊地板上。「不要光站在那裡，帶我去看你的奇怪動物，管牠究竟是什麼鬼東西。我都大老遠跑來了，還是看一眼好了。」

我們正要走下樓梯，一輛車停在我家前面，齊博士打開門下車。他一看到甘博士，臉上露出微笑，對著甘博士揮手。

「嗨，老甘，你動作真快。怎麼有辦法一下子就趕過來？」

「快？快個鬼。我為了來這裡，穿越整個新英格蘭，先是搭飛機到樸茨茅斯，然後又搭火車到一個鳥不生蛋的地方，接著換搭麵包車，到另一個沒有半個人的鬼地方，然後又從那裡一路走到這裡。姓齊的，要是你又在開玩笑，用假的東西騙我有恐龍，我發誓我會剝了你的皮，塞進棉花，放在博物館裡展示，牌子上註明**退化的人猿**。」

「好了，冷靜點，老傢伙。」齊博士說，「我帶你去看恐龍，你就會信了。看完後吃點早餐，你的心情就會好起來。」

我帶兩位博士穿過養雞的空地，走到畢舅公的圍欄前，一旁正在找東西吃的公雞母雞抬頭打量我們。

「就在那裡，」齊博士說，「現在彎下腰，仔細看一看裡頭是什麼，眼見為憑。那大概是人類唯一見過的活恐龍，這是科學史上最重大的事件！」

甘博士懷疑的看了齊博士一眼，努力彎下腰朝雞窩裡看。他個子太高，很難把頭壓得那麼低。

齊博士等著甘博士終於知道自己看見什麼，問：「怎麼樣？」

「什麼怎麼樣？」甘博士說，「我什麼都沒看到，只看到一個空雞窩。」

「**什麼？**」我和齊博士同時大叫。我們彎腰一看，真的，雞窩是空的。

「完蛋了！」齊博士大叫，「牠跑出去了，快！我們得找到牠。」齊博士在雞舍裡跑來跑去，左看看、右看看。

甘博士慢慢站直身體，手扠在腰上，臉色鐵青。「姓齊的，我早就懷疑，這一切都是你在……」

「老甘，不要說這些有的沒的。」齊博士大喊，「你看不出來我們是認真的嗎？告訴你，這絕不是玩笑。快點幫我們找恐龍，牠如果跑出去就完了。我們不能弄丟恐龍，這將是科學界的重大損失！」

我仔細打量整個雞舍，注意到有一隻雞站在柵欄旁，偏著頭，好像看到什麼新奇的東西一樣。接著牠就溜過柵欄，開始啄外頭的草。我走過去看那隻雞是從哪裡鑽出去，原來有一塊柵欄被撐開，空間剛好夠一隻雞跑走。

我指給齊博士看。

「嗯，我知道了，」齊博士說，「小恐龍大概是爬過自己的窩，從這裡硬鑽出去，牠一定是想吃草。我們去草長得很高的那塊地方找。啾啾，你進屋去叫妹妹也來幫忙，我先過去找。」

我衝進屋裡，小欣正在洗早餐的碗盤，老媽正在擀麵皮。

老媽問我：「啾啾，你剛才跑去哪了？」

「甘博士來了，」我告訴她，「我們帶他去看恐龍，結果不見了，一定是從柵欄跑出去。我們要到草堆裡找，一定得在走丟之前找到……」

「你們在找甘博士？」老媽嚇了一大跳，「怎麼會這樣，他不是才剛到，怎麼會走丟？」

「不，不是要找甘博士，是要找畢舅公……找不到就完蛋了。」

老爸從房間裡走進廚房說：「快點，小欣，我們一起去找。」

我們全部的人都衝出屋外，我回頭一看，老媽也出來了，手上拿著拖把。

我們在草叢裡跑來跑去，但完全沒有畢舅公的影子，接著我們又跑到山羊吃草的牧場上，那裡的草滿短的，但依舊沒看到畢舅公。我沿著白太太屋子後面的柵欄一邊走、一邊看，看看畢舅公是不是在白太太的花圃裡。

「啾啾，早安。」白太太跟我打招呼，「你們一家人在找什麼？而且你們還有客人。我從來沒看過一群人這麼緊張的樣子，是羊跑出來了嗎？」白太太拿著一把大剪刀正在剪花。

「不，白太太，不是羊跑出來，羊還乖乖待在裡頭。」

「那你們在找什麼？幹嘛神祕兮兮的樣子？」

「事實上，我們在找一隻小……小動物……」

「哪種動物？我的天啊，你們可真會保守祕密，是一隻貓嗎？」

我想了想，乾脆告訴白太太吧，可是我不確定她會有什麼反應。「不是的，白太太，」我告訴她，「不是貓，是一隻小恐龍。」

白太太站直身體，瞪大眼睛看我，然後笑了出來。「天啊，啾啾，你讓我差點誤會了！我不知道你在找玩具，我還以為你們在找**真的動物**。笑死人了，這孩子說自己在找一隻小恐龍！」

白太太自言自語、自得其樂的時候，我看到劍蘭花叢裡有東西在動。我盯著那個地方看，接著一顆小小的頭冒了出來，是畢舅公！牠正開心的吃著劍蘭的莖，就好像那是全世界最好吃的東西。白太太沒發現異狀，還在講話。

「哈哈哈！」白太太大笑，「你說你在找一隻小恐龍的時候，我的腦筋一時轉不過來，因為我還以為你的意思是……天啊！那是什麼鬼東西？」

我立刻鑽進柵欄，一把抱住畢舅公。畢舅公還在吃個不停，完全沒注意到大家為了找牠快急死了。

白太太倒退三步，手指著畢舅公。「把那東西給我拿走！」她尖叫，「快拿走！**現在就給我拿走！**牠在吃我的劍蘭！」

白太太大吼大叫的聲音，恐怕大家都聽到了。所有人立刻跑過來，齊博士滿臉笑容，終於找到小恐龍了！老爸連忙向白太太道歉。

白太太今天很客氣，她說小恐龍只吃了一枝劍蘭，而且還是她不喜歡的黃色，所以沒關係。白太太還說，她一向對恐龍很有興趣，小時候讀了很多有關恐龍的書，但她不知道恐龍會這麼小。

「你們這隻真的好迷你，」她說，「好可愛，對不對？」我注意到白太太說是這麼說，卻完全不肯靠近小恐龍。

甘博士嘴巴張得大大的，眼睛瞪著畢舅公，他的嘴巴閉上又打開，閉上又打開，但一句話都說不出來。最後他抓住齊博士的手臂，指著小恐龍，發出喉嚨被掐住的聲音：「我的天啊，老齊，你說對了！真的是！」甘博士的臉像紙一樣白，雙手緊抓住柵欄，以穩住自己的身體。

幾個大人最後終於讓白太太安靜下來，齊博士向每個人介紹甘博士，老爸又向白太太介紹齊博士，所有事情都解釋清楚後，我們帶畢舅公回牠的窩，多加幾根木頭，把圍欄弄得堅固一點，以免牠再度逃家。

老媽進廚房幫甘博士準備早餐，齊博士開始把一切有關恐龍蛋的事，以及那顆蛋有多大，統統告訴甘博士。

齊博士一邊跟甘博士講話，一邊問我：「啾啾，我覺得你的恐龍長大了，牠昨天沒這麼大隻，對吧？」

齊博士搬出磅秤，拿出捲尺。我把畢舅公放在磅秤上——磅秤快要裝不下牠了。

「三．二公斤！」齊博士宣布，「牠的體重變成昨天的兩倍多。才過了二十四小時，體重就加倍！老甘，你想一想。」

「我正在想。我真希望自己也一樣。快餓死了，早餐好了嗎？」

「啊，我都忘了。啾啾，你帶甘博士去吃早餐好嗎？但看著他，別讓他吃太多比司吉，我量完小恐龍就去找你們。」

聽起來是個好主意。已經快早上十點了，早餐之後我沒吃過東西，還真有點餓了。

9 頭條新聞

甘博士、齊博士吃完早餐後，到門廊前商量小恐龍的事。齊博士邀我過去和他們一起商量，但甘博士把我當空氣，一副沒看到我的樣子。

甘博士說：「老齊，我同意你說的，沒錯。」他在舊藤椅裡伸展了一下身體，雙腿交叉，「我們得儘快發新聞稿給媒體，告訴他們這件不可思議的事。然後打電話給華盛頓的博物館交代所有細節，要他們轉告美聯社和其他新聞通訊社。電台絕對會馬上報導這件事，接著消息會傳遍全國。」

齊博士說：「然後大家會開始騷動。」

「沒錯。重點是我認為應該在發布消息之前，讓恐龍安全的待在國立博物館。恐龍太珍貴，絕不能冒險，這隻恐龍是全世界最重要的動物。我們應該把牠放在玻璃隔間裡，保持一定的溫度和溼度，不能有風、細菌或昆蟲，也不能有一堆人。在我們把這隻動物裝進箱子、送到華盛頓之前，不能讓一堆人全部跑來，你知道那種場面會有多混亂。」

我大吃一驚！他們要那樣直接帶走畢舅公？我沒想到會這樣！不過齊博士看著我，對我眨了眨眼睛。

「老甘，你等一等。」齊博士說，「我們問過恐龍的主人了嗎？或許他有別的計畫。」

「主人？你在說什麼？」

「這隻恐龍是譚啾啾的，或許他並不想把恐龍送到博物館，他可能想要自己養。」

甘博士一下子坐直身體。「他會願意賣的，對吧？」甘博士看著我，「怎麼樣，孩子，我們給你一百塊，你把恐龍賣給我們。一百塊很多了，你不會拒絕的，對吧？我們成交了嗎？」

一百塊！一隻小恐龍就有一百塊，好多喔！但我只養了小恐龍一天，而且我不想送牠去博物館，可能再也見不到牠。就這樣送走小恐龍，感覺不太對。

我搖頭拒絕。「不了，」我說，「我覺得最好還是不要賣。」

「那就一百五十塊，怎麼樣？」

我還是搖頭。

甘博士嘴巴繃得緊緊的，轉頭問齊博士：「這小孩是怎麼回事？新罕布夏州的人都這麼頑固嗎？」

齊博士微笑：「老甘，他們不是頑固，只是喜歡用自己的方式做事，這一點相當難得。」

甘博士皺眉：「孩子，你聽好了。這件事很重要，這隻恐龍對科學界來說是無價之寶，我們從來沒碰過活恐龍，以後可能不會再有這樣的機會。但對你來說，這隻恐龍不算什麼，只不過是一隻大蜥蜴，不適合當寵物。餵牠吃東西很麻煩，照顧起來也不容易，而且無法在太冷的氣候中生存。對你來說，恐龍只會帶來一連串的麻煩。對你這種年紀的小男生而言，恐龍真的不算什麼，乾脆交給我們好了。」

「可是，恐龍是我的。」我說，「牠就像……就像我的朋友，我不會賣掉朋友。」

甘博士站起來，在門廊上走來走去，揮舞著長長的手臂。「你為什麼就是聽不懂呢？為了研究這隻恐龍，全世界的科學家願意付出有所代價。你不想妨礙科學進步，對吧？」

「我不想，」我說，「但科學家難道不能來這裡研究嗎？只要我能留著小恐龍，我願意讓大家研究。」

齊博士對我微笑，然後對甘博士說：「老甘，我想你最好放棄。科學家得來到自由鎮，不管他們喜不喜歡。」

「可是老齊，那些人要住在哪裡？這裡根本沒有吃飯睡覺的地方——沒有飯店、沒有餐廳，連小旅館都沒有。你要他們睡在馬路上嗎？」

「那是一條很好的馬路，」齊博士說，「而且我不記得戈壁沙漠或懷俄明州的化石區有任何大飯店。現在快點發電報給博物館，我可以通知大家我們覺得是三角龍嗎？」

甘博士回答：「我認為的確是三角龍。」我去幫畢舅公找更多草，讓兩位博士自己去寫電報。如果牠長那麼快，最好幫牠多準備一點草。

中午才剛過，小欣就接到紐約自然史博物館的電話，他們想知道新罕布夏州自由鎮剛剛發現的「恐龍骨頭」，說會立刻派人過來看。齊博士糾正了他們。幾分鐘後，《紐約先驅論壇報》也打來問「恐龍化石」的事，接著全國各地的人統統打電話過來。吃晚餐的時候，跑來一個新罕布夏州中部拉科尼亞的記者，還有一位在勝巴科湖度假的大學教授。一堆人站在我家外頭，詢問各式各樣的問題，裡頭電話響個不停。接著我們聽到收音機開始播報新聞：

接下來是今晚最不可思議的消息，事發地點是新罕布夏州一個叫自由鎮的小地方，當地居民宣稱譚瓦特家的雞蛋孵出一隻恐龍。華盛頓國立博物館的兩名科學家已經檢查過那隻動物，據他們所知，那應該是一隻健康的三角龍。三角龍大約在六千萬年前就已經滅絕，到目前為止，兩名科學家並未解釋為什麼一顆雞蛋會孵出古老的爬蟲類動物……

我們關掉收音機，繼續接電話。在收音機裡聽見自己家的事情，感覺很奇妙，好像那是我們沒聽過的人一樣。電台報出小恐龍的新聞後，電話響個不停，小欣忙得不可開交，看起來卻很開心，而且我還得幫她擦碗盤，所以我並不同情她。全國各地的人都打電話過來，有的來自布斯灣，有的來自普羅特峽……天知道那些地方是哪裡。一個達特茅斯大學的教授打來，另外還有納舒厄的動物農場、波士頓的科學博物館，和一大堆我沒聽過的地方，也統統打電話過來。整個晚上電話一直響，最後老爸告訴接線生貝太太，我們要睡覺了，早上之前不要把任何電話接過來。

隔天早上，我用最快速度做完所有家事。一下子發生太多事，差點忘了先知還在地下室。弄完公雞的事，接著餵雞、幫山羊擠奶，然後抱了一大把草給畢舅公。畢舅公看起來又長大了一些，四條腿愈來愈有力，如果不把圍欄弄牢固一點，牠很快又會跑出去。

所有人早餐才吃了幾口，電話又開始響個不停。和睦市一家新聞社想過來拍幾張照片，接著有家電視台跟我們預約隔天的時間。老爸開始幫自己的《守護自由報》寫一篇很長的恐龍專題報導，也要我寫下擁有一隻恐龍的感覺，還請齊博士從科學的觀點講解，最後恐龍的事大約占了頭版的一大半版面。一切底定後，老爸幫這一期的報紙多印了很多份。

老爸說：「看來，這下子全世界會重新認識咱們自由鎮。自從一九三二年有日蝕的新聞後，就再也沒有人聽說過這個小鎮。最好趁大家還有興趣時多多報導。就算是恐龍，也沒辦法讓我們出名太久。啾啾，你拿五十份報紙到雜貨店，還要在我們家前面擺張桌子賣報紙。」

很快的，鄰居一個接著一個跑來看恐龍。白太太看著小恐龍，打了個哆嗦。小喬的爸爸瞪大了眼，搖了搖頭。鄧太太帶兩個小孩來看「古怪的動物」，然後進屋和老媽聊天，我得阻止她的孩子朝著畢舅公丟石頭。那兩個小鬼頭還真惹人厭。

齊博士和甘博士過來看看情況，接著新聞媒體的車馬上就來了。下車的幾個人帶了很多台攝影機還有各式各樣的裝備，電線拉得到處都是。他們拍下我們家，還要我舉起畢舅公、餵牠吃草。我對著麥克風講畢舅公孵化的時候我第一眼看到牠的情形，接著齊博士侃侃而談畢舅公屬於哪一種恐龍，以及牠的出現對科學界是多麼重大的一件事。我們所有人都累了，一直被指揮來指揮去，一下子要站這裡，一下子要站那裡，一會兒要做這個，一會兒要做那個。新聞媒體的車終於走了之後，大家都鬆了一口氣。

接著又有記者跑來——非常非常多，每家報社都派出好幾個人，拍下各式各樣的照片。記者問的問題都一樣，不斷問我幾歲，還有雞蛋孵出恐龍是不是讓我嚇一跳。他們的嘴角叼著菸，一堆人聚在一起，把我家後院擠得滿滿的。

齊博士和我站在畢舅公的圍欄旁，寸步不離，以免有人傷害牠。我不曉得為什麼，但每次只要有人看到籠子裡或是哪裡有動物，而且手碰得到的話，就會開始戳那些動物，或是丟東西到牠們身上，用種種方式騷擾牠們，這大概是人類的天性吧。

記者都來了之後，科學家也跑來。什麼樣的人都有，有的又高又瘦，抽著大菸斗。有的矮矮的，戴著玳瑁框眼鏡。大家聚在一起，嘰哩咕嚕不曉得在說什麼，什麼「中生代」、「白堊紀」、「原角龍」、「返祖現象」……他們講的話我完全聽不懂。科學家爭論的方式讓我開了眼界。我猜他們每個人的理論都不一樣，每個人都想用更大的聲音、更快的說話速度壓過別人，證明自己是對的、別人都是錯的。他們好吵，比我六年級班上魏老師不在的時候還吵。

我看見齊博士忙著和老朋友握手，甘博士比所有人高，一顆頭在哪裡都看得到。他皺著眉頭，喃喃自語，抱怨個不停：「這裡根本是菜市場……吵死人了……一點都沒有科學的氣息……應該放在安靜有秩序的博物館才對……」

我又去抱了一大把草。我餵畢舅公的時候，所有的科學家都擠過來看牠吃東西，然後又開始吵。有人講到「頷」的事，所有人一聽到，就開始激動的爭論不休。接著他們又在吵什麼「三個牙根的臼齒」，沒完沒了。畢舅公只是在吃東西而已，這樣也能吵，真是奇怪。如果你仔細聽科學家講話，你會發現他們是很好笑的一群人。

傍晚天黑後，我們請所有人離開，讓我們家可以安靜吃頓晚餐。已經很晚了，老媽不想再幫我們熱飯菜。

「都八點了才要吃飯，一隻小動物而已，興奮個什麼勁。恐龍又怎樣？吵成那個樣子，不知道的人還以為世界末日了。」老媽說。

「可是這件事對科學界來說非常重要。」我說。

「什麼科學界！」老媽抱怨，「我還以為科學界很清楚什麼時候該回家，而不是在別人家一待就是好幾個鐘頭，讓別人沒辦法吃飯。」

我想，老媽這輩子不會了解恐龍到底有什麼重要。

10 麻煩大了！

接下來一星期，大家還是一直跑來我家，但人數慢慢減少。我們家的《守護自由報》銷量創紀錄，老爸又多印了兩千份應付訪客。鎮上雜貨店的冰淇淋和飲料每天都銷售一空，只有星期四沒賣完，因為那天午後下了一場大雷雨。

到了星期六，熱潮消退了些，一次只有一兩個人跑來我家，而且大部分都是從很遠的地方趕來的科學家。他們住在威斯康辛州或肯塔基州，沒辦法那麼快過來。有一個留著大鬍子、看起來很有名望的先生，大老遠從加拿大多倫多跑來，他是所有人之中最仔細觀察畢舅公的人。那位先生告訴齊博士：「我相信你是對的。我最初聽到消息時，還以為你們美國的古生物學家在胡說八道，但我必須說，我被說服了……嗯，你一定是美國國立博物館的甘博士？」

「不，我姓齊。您來自多倫多？」

「沒錯，敝姓莫。」

齊博士看起來開心得不得了：「莫教授，真高興見到您！您能過來真是太好了。我必須承認，我一直在懷疑是否真的是恐龍，但您也這麼認為，我就不用擔心了。」

莫教授微笑：「齊博士，我很好奇你打算如何處理這隻奇特的動物。你有辦法好好照顧牠嗎？這麼珍貴的東西，不曉得美國人會怎麼處理。你們很有商業頭腦，如果你們把這隻恐龍用很高的價格賣給好萊塢，或是拿來當熱狗的活廣告，我也不會驚訝。一定要好好處理這件事，好嗎？」

「這件事您最好跟恐龍的主人商量。」齊博士幫我介紹，「這位是譚啾啾，這位是莫亞伯教授，全世界最權威的恐龍專家。」

「原來小恐龍的主人是你。」莫教授雙眼發亮，「孩子，你擁有全世界最不可思議的動物。牠對我們所有人來說都很重要，因為牠是**活的**——一定要記住這點，好嗎？我希望你一定要讓牠**好好活著**。」

「我會的，先生。」我向莫教授保證，「我會的。」

「好孩子，」莫教授說，「我知道可以把事情交給你。」

下午的時候，我坐在院子的楓樹下，看報紙怎麼報導畢舅公。前幾天我太忙，沒時間看報紙。《紐約時報》寫著：

雞蛋孵出活恐龍

【新罕布夏州自由鎮八月四日訊】

全美國的科學家最近紛紛湧進一個叫自由鎮的小地方，親眼見證人類所知的第一隻活恐龍。據說那隻生物最近從譚啾啾家裡的雞蛋孵出來。

沒有人能解釋，恐龍數千萬年前就已經滅絕，怎麼可能從雞蛋裡孵出來。紐約、波士頓、費城、芝加哥……全美各地的古生物學家齊聚自由鎮，全都同意那真的是一種叫「三角龍」的草食性恐龍。牠有三隻角，脖子有一圈頭盾。據說這種恐龍成年時可以長到六公尺長，重達十噸。

我聽見一陣腳步聲，放下報紙，看見一個穿著藍色上衣的人走過來，手裡拿著外套。

「哈囉，小朋友，這是恐龍的家嗎？」他說。

「沒錯。」我說。

「你是譚啾啾嗎？」

「是啊！」

「我能看看恐龍嗎？」

「當然可以。」我帶他到畢舅公的圍欄前。畢舅公正在睡覺，懶洋洋的躺在陽光下。

那個人問：「你確定牠還活著嗎？」

「當然還活著，你看到牠在呼吸了嗎？」

男人點頭。「我是葛比爾，在康威開了一座加油站。聽說你們這裡有恐龍，我想，如果在我的加油站擺上籠子，裡頭養著一頭恐龍，那就太棒了。我的加油站已經養了很多動物，有熊、浣熊，還有一隻猴子，對招攬生意很有幫助。

如果恐龍放我那，我會立一塊大大的牌子，上頭寫著：**全世界唯一的一隻活恐龍**。路過的人都會停下來看，還會順便加點油。你懂我的意思嗎？」

我點頭。我的確知道他在講什麼，但我不太喜歡這個點子。

「既然你懂，你要多少錢？」男人問，「我願意出好價格。」

「不，謝了，」我說，「我想自己留著恐龍。」

「孩子，我可是要給你真正的鈔票。這隻恐龍對你來說沒什麼用，你還得照顧牠、餵牠吃飯，一大堆麻煩事。我可以幫你解決麻煩，而且你可以拿到一大筆錢。你說呢？」

我回答：「我不想賣掉恐龍。」

「孩子，為什麼不賣？留下牠對你有什麼好處？牠長得那麼醜，不適合當寵物，而且恐龍很難賣，冬天的時候你還得花大錢買東西給牠吃。」

我告訴他：「我想留著恐龍。」

「我看不出這有什麼道理。」男人不耐煩了，「你又用不到牠，給我的話，我可以賺很多錢。為什麼不賣給我？」

「我想自己留著，」我說，「我就是想自己養，不行嗎？一定什麼事都要有理由嗎？」

男人聳聳肩，轉身離去。「好吧，孩子，你想留著就留著，一旦改變心意的話就告訴我。這是我的地址。」他遞給我一張紙條，走回自己的紅色卡車，發動引擎，掉頭離開，車後揚起一大片灰塵。

幾乎每天都會有人跑來，要我把畢舅公賣給他們，他們提出各式各樣的理由。有一次，來了一輛黃色大敞篷車，一個留著黑色小鬍子的帥氣男人下車，遞給我銀色菸盒裡的菸，但拿到一半又把手收回去。

他問：「譚啾啾先生住這裡嗎？」

我說沒錯。

「這裡是他家？」

「沒錯。」

「小朋友，快去告訴他，我有一筆生意要和他談。」

他轉身，完全無視於我，就好像他是國王，而我是替他跑腿的人。我不喜歡他那種高傲的樣子，所以我站在原地不動。他對我皺起眉頭。

「不是跟你說了，我要跟譚啾啾先生說話？你這小孩怎麼搞的，不要浪費我的時間。」他說。

「你已經在跟譚啾啾講話了，」我說，「我就是譚啾啾。」

男人馬上改變態度。

「喔，這樣啊……聽說你有一隻活恐龍。我是老牌威士忌酒廠的副總裁，我想租你的恐龍一段時間，我們要做一個很大的廣告。」

我實在是不懂恐龍和威士忌有什麼關係，所以我直接問他。

「這不是很明顯嗎？」男人說，「威士忌最重要的是什麼？」

我沒喝過威士忌，不太確定答案。「口感？」

「不對。酒喝起來究竟是什麼感覺，每個人答案各有不同，純粹是個人的看法。威士忌最重要的就是酒有多『老』，酒放了幾年就是幾年。我舉個例子：威士忌A是熟成兩年的酒，威士忌B是三年，每個人都買威士忌B。事情就是那麼簡單。」

我問：「那你的老牌威士忌酒廠開幾年了？」

男人壓低聲音：「這件事你知我知就好。其實這家公司一點都不老，那就是為什麼我們需要打很多廣告，我們需要你的恐龍。」

我問：「但是恐龍又怎麼會讓你的公司有歷史？」

「不會**真的**有歷史，但**感覺起來**會有歷史。孩子，這就是廣告的祕密。這就是為什麼賣酒的店都要掛老酒廠的照片，而且商標上頭畫著搖椅和老祖父。你想想，還有什麼東西比恐龍還古老？沒有誰能打敗恐龍。如果這次的廣告受歡迎，我們打算把品牌的名字改成**老恐龍**，或是**老化石**……唔，老化石很無趣，叫**老侏羅紀**好了。我們將是市面上看起來最古老的酒，我要發大財了。」

我問：「你們打算拿我的小恐龍做什麼？」

「我們會把牠放在大卡車上展示，車身塗上花稍的顏色，拉起大布條，再讓另一輛宣傳車跟著，全國走透透。老牌威士忌酒廠將一炮而紅，多好啊。」

「我不覺得對小恐龍來說會太好，」我說，「宣傳車很吵，而且每天都要坐車的話，牠會生病的。」

「別擔心，」男人說，「只要牠還活著，我們一個月付你兩百塊，牠一定可以活到為我們賺很多錢為止。」

一個月可以拿到兩百塊……我想了想，還是覺得不太好，所以我搖頭。「還是不要好了。」

男人雙手一攤。「你不答應？恐龍對你來說有什麼用？」

「我沒有要用恐龍做任何事。」我說，「我只是想養著牠，這樣還不夠嗎？一定得有什麼用嗎？」

男人說：「租給我們的話，你可以拿到錢。」他拿出一張名片給我，「等你不想養了，就打電話給我，好嗎？」男人坐上黃色大敞篷車，揚長而去。

開敞篷車的人走沒幾天，又有一家行李箱公司寫信過來：

親愛的譚先生：

聽說你有一隻活恐龍，敝公司很感興趣。我們專門利用各種罕見皮革製作高級行李箱，例如美洲野牛、南非劍羚、小鯨魚和綠鬣蜥等等。或許您有興趣

老牌威士忌
恐龍來了！

將恐龍皮賣給我們製成皮箱。我們一定會出很好的價錢，畢竟目前市場上沒有其他恐龍。

總裁麥艾德敬上

把小恐龍剝皮！他們想把畢舅公做成行李箱！光是用想的就覺得可怕。

接下來一星期，陸續又有人找上門，要我賣小恐龍。訪客則減少了，一天差不多只有二十個人。這些人有著各種奇奇怪怪的點子，有一個人拿著錄音機上門，說想要錄下「史前時代的聲音」。他花了一整個下午，希望引畢舅公發出聲音，自己一個人在那邊吱吱叫、汪汪叫、嘶嘶叫、哞哞叫，最後終於放棄，罵了一堆他不會想被錄音的話，然後就走了。

畢舅公一天就長大非常多，八月中的時候，連同尾巴長達一．六七公尺，高七十六公分。牠才五天大，就已經重到不能放在廚房磅秤上，後來我們得用板子把兩個浴室磅秤接在一起，讓畢舅公站在板子上量。我們相加兩個磅秤上的數字，再減去板子的重量。齊博士的筆記本上寫著：

八月十二日	身長一・五四公尺	體重四十八公斤
八月十三日	身長一・六一公尺	體重五十四・八公斤
八月十四日	身長一・六七公尺	體重六十五・三公斤

從數字就看得出來，小恐龍長得有夠快。齊博士相當驚訝，他說從沒看過長那麼快的動物。他每天看著畢舅公吃東西，百思不得其解。

齊博士告訴我：「我知道爬蟲類動物長很快，例如鱷魚五年就可以長到一・八二公尺長，接著牠們大到可以獨立生存後，生長速度就會慢下來。但我們的恐龍才兩星期就已經長到接近一・八二公尺。三角龍的確生活在到處都是大型動物的年代，牠們得要長很快才能存活，但是……這種成長速度實在很驚人。我在想……或許現代的大氣不同於六千萬年前，導致畢舅公的新陳代謝因而加快……當然，這只是個猜測，但是啾啾，不管怎麼說，如果牠繼續以這樣的速度一直長下去，**我們的麻煩就大了**。」

幫畢舅公找食物的確是個問題。不過才幾天而已，我家附近就已經找不到草了。後來我跑到街尾以前史家人住的地方，那裡的野草長得很茂盛，房子周圍和後院到處都是。小喬跟我一起去，我們帶著我的舊玩具拖車，拿著鐮刀輪流割草，割滿夠畢舅公吃一天的量，堆到車上，用晒衣繩綁好，然後拖回家。天氣炎熱，這個工作很辛苦，但只要看到畢舅公開心吃草的樣子，我就覺得很欣慰。畢舅公很愛吃。

一開始這個方法還行得通，但不久我和小喬一天得割兩次草，因為拖車可以載的草不多。小喬抱怨沒時間釣魚，而且空地上的草很快就會割完。老爸建議我們請施先生幫忙，每兩天就用割草機割一塊草。施先生平日幫忙割路邊的野草，所以大部分的時間都在用割草機。老爸的點子很不賴，齊博士借到一輛卡車，把一大堆草載到我家後院，一次大約可以撐個兩、三天。

當然，小恐龍現在長得太大，無法關在小小的圍欄裡。牠大約才七天大，我們就不得不放棄圍欄，最後決定唯一的辦法就是拴住牠。我們用堅固的皮項圈還有拴牛的鏈子綁住牠，然後用大鐵橇挖開地面，把鏈子固定在地底下。這個方法很成功，畢舅公似乎一點都不在意被綁住。牠對我很友善，從來沒咬過我，也沒用角戳我。不過一有別人在，牠就變得很緊張，而且牠不喜歡巨大的聲響，聲音會激怒牠。

齊博士說我應該每天帶畢舅公活動一下，牠不能成天綁著不動，以免運動量不足。我每天還沒吃早餐就帶牠去散步，那個時候外頭很安靜，也很涼爽。我們走在通往學校的街上，然後再折返回家。拖著一頭奇特生物散步的感覺很奇妙，畢舅公的頭前後晃來晃去，大尾巴掃起很多灰塵。

11 為畢舅公找新家

畢舅公愈長愈大，齊博士的筆記本記錄牠在八月二十日那天，長二・〇五公尺、重一百六十三公斤。到了月底，長二・七二公尺，重三百六十二公斤。

畢舅公現在太重了，我們無法再用兩個拼起來的浴室磅秤測量，得用裴先生飼料店前的舊乾草磅秤。每天我們帶畢舅公過去的時候，很多人會跑到自家門廊上看熱鬧。鎮上所有的小孩都跟在我們後頭，不過不敢靠得太近。畢舅公頭上的角開始變長，看起來像是前方伸出砲管的武裝坦克車。

我們幫畢舅公量體重的時候，飼料店的老闆裴先生每次都會跑出來看。

「早安，齊博士。」裴先生說，「啾啾，你來啦。今天早上多重啊？」

我移動桿子上的砝碼，然後大聲宣布：「四〇七・二公斤。」齊博士在本子上記下數字，我記得那天是九月二日。

「啾啾，冬天的時候你要怎麼辦？」裴先生問，「等草長不出來的時候，恐龍要吃的草也更多了。你幫牠蓋好棚子了嗎？還是要讓牠待在戶外？」

「我也不知道，」我回答，「這是我第一次養恐龍。」

齊博士當下什麼都沒說，但後來問我：「啾啾，你們這裡什麼時候天氣會開始轉涼？」

「大約九月中會下第一場霜。怎麼了嗎？」

齊博士看起來很嚴肅。「有一件事你得知道。恐龍是爬蟲類動物，無法適應太冷的氣候。你知道烏龜在冬天會怎麼做，對不對？」

「當然知道。牠們會潛到湖底挖沙，整個冬天都睡在裡頭。」我回答。

「沒錯，」齊博士說，「牠們不吃東西，也幾乎不呼吸。爬蟲類是變溫動物，天氣一變冷，牠們的身體也會跟著變冷，動作愈來愈遲緩，最後開始冬眠。有的爬蟲類則完全無法在寒冷的氣候中生存。

「可能就是白堊紀尾聲的寒冷氣候殺光了所有的恐龍，恐龍需要生活在溫暖的氣候裡。雖然三角龍活得比其他恐龍久，但我不覺得畢舅公能忍受新罕布夏州的冬天。」

我早該想到這件事，但我一直拖。所有小孩都一樣，我們知道夏天結束後，馬上就得回學校上課，所以不願意去想天氣漸漸轉涼的事。我有預感，畢舅公無法撐過冬天，因為牠身上沒有毛可以禦寒，但我不願意提這件事，因為如果提了，顯然只有唯一的解決辦法——送走畢舅公。

齊博士默默看著我，最後終於開口：「大概只有一個辦法，那就是等冬天來臨的時候，讓恐龍待在乾淨、溫暖、通風良好的室內，但恐怕你媽不會願意讓畢舅公整個冬天都待在客廳。」

「我想也是。」我覺得很沮喪。

「而且還有食物的問題，」齊博士說，「附近的草幾乎都被我們用光了。等統統用完之後，我們就得開始幫畢舅公買飼料，但畢舅公不喜歡吃沒水分的乾草，所以到了冬天要買牠喜歡吃的食物，還得讓牠吃得飽，那得花不少錢。」

我問：「我們能怎麼做？」其實我知道齊博士會說什麼。

「我只能建議把畢舅公送到動物園或博物館，牠在那裡會有合適的住所，也有食物吃。從一開始，照顧畢舅公就不是件容易的事。你做得很好，讓這隻恐龍變成理想的寵物，但是現在事情變複雜了，你無法自己一個人照顧，我們得請其他人幫忙。不過我也知道，要送走牠你會很難過，對吧，啾啾？」

我吞吞吐吐了好久。「大概吧。」我轉身用腳踢楓樹的樹幹，眼睛有點怪怪的，但不想讓齊博士覺得我在哭還是什麼的。他站在原地，手摸著下巴。

「啾啾，這樣吧，你現在去湖邊，看看能不能釣到幾條魚當晚餐。帶小喬一起去，我下午有事，你回來的時候，我們再繼續討論。喔，對了，你爸爸在印刷廠嗎？」

「對，他在印刷廠。」我和齊博士告別後去找小喬，兩個人一起拿著釣竿和魚餌往湖邊走，撈起兩根當船錨的鐵棒，往湖中心划去。我們就定位後，小喬下錨，錨消失在水裡，湖底冒起一些泡泡。

我們裝好魚餌，拋出釣魚線，將腳翹在船邊，等魚上鉤。夏天進入尾聲，四周很安靜，給人祥和寧靜的感覺。楓葉開始變色，岸邊染上一抹紅暈，遠方幾隻烏鴉在啼叫，聲音振動水面。

小喬覺得有東西在咬餌，馬上收線，但什麼也沒釣到。那些來攪局的太陽魚太聰明了，吃完餌就跑。小喬重新放餌，釣竿一甩，激起許多漣漪。

小喬問：「啾啾，你怎麼了？看起來不太開心。」

「我得把恐龍送到博物館。天氣要變冷了，恐龍不能待在外面。」

「天啊，你一定很難過。不能養在棚子裡嗎？可以借用席家的舊車庫。」

「還是太冷了。齊博士說恐龍是變溫動物，得住在有暖氣的地方。」

「反正試試看再說嘛。」

我搖搖頭。「還是算了，畢舅公可能會凍死，那樣我會更難過。我答應過莫教授，一定會讓牠活下去。」

小喬安慰我：「太可惜了，啾啾。」

「或許改天我可以到博物館看畢舅公，不過到時候牠大概已經忘了我。」

那天我們運氣很好，太陽開始沒入樹林時，小喬釣到三條中型花鱸，我釣到兩條河鱸，還釣到一條沉甸甸的漂亮花鱸。我們綁好船，走路回鎮上。

老媽說齊博士會留下來吃飯，要我把魚洗一洗煮晚餐。我提了一桶水，坐在屋子後面的階梯上開始清魚，小欣也坐過來削馬鈴薯。

小欣低聲告訴我：「我知道你不知道的事。」

我說：「你還能知道些什麼事？晚餐甜點吃藍莓派？」

「不是。」小欣小小聲說，「跟吃的沒關係，跟你有關係。我聽見齊博士和老爸老媽今天下午說的話。」

「他們說了什麼？」

「不能告訴你。」小欣開始削另一顆馬鈴薯。

「給我一點提示，**一點點**就好。不要吊我胃口。」

「他們在講你和……」

「小欣！」老媽大聲制止她，「不能說的才叫祕密，還記得我們怎麼告訴你的嗎？」

「媽，我不會說出去的，我只是要讓哥好奇。我才不會告訴他任何事，真的，我不會說出去。」

「那就好。」老媽說，「快點削好馬鈴薯，我們得煮魚了。啾啾，不要忘了餵雞。小欣，去摘一點四季豆，最遠的那一排豆子最大。」

晚餐終於準備好，大家坐在桌邊，看老爸分配花鱸。魚肉很鮮美，而且剛好夠所有人吃。還不飽的人可以再吃河鱸。另外還有一大鍋熱騰騰的馬鈴薯，上面鋪滿融化的奶油，撒上一點巴西利。四季豆也好吃，有自然的甜味。老媽還烤了玉米瑪芬蛋糕。我飽到食物都滿上喉嚨了。

最後我終於放下刀叉，看了看大家，發現餐桌旁每個人似乎都在偷偷交換眼神。齊博士對老爸擠眉弄眼，老爸點了點頭。

齊博士清了清喉嚨，用餐巾擦嘴。「啾啾，請等一下再繼續吃，我有事要跟你說。」

我心想：**時間到了，齊博士要帶走我的恐龍了。**

「啾啾，還記得吧，今天早上我們談過冬天要怎麼照顧恐龍。你同意這裡並不適合，所以我有個提議，希望你聽完之後，告訴我你怎麼想。如果你願意的話，我們就把恐龍運到華盛頓，養在國立博物館裡。你依舊是恐龍的主人，但博物館會提供飼料和住的地方。你覺得呢？」

博物館真好心，願意收留畢舅公，給牠食物還照顧牠，太慷慨了，只不過那樣一來，我就得和畢舅公分開，而且我大概永遠都不可能到華盛頓看牠。我猜自己應該是一臉不情願，可是齊博士眼睛發亮，嘴角微微揚起。

「當然啦，」齊博士非常篤定的說，「你也應該跟著一起去，因為我們需要你幫忙照顧……」

「什麼？」我大喊，「你的意思是說我也可以去？天啊！」我太興奮了，但很快想到老爸老媽不太可能讓我去。我轉頭看他們，看看有沒有一絲機會。我知道他們八成會說不准去，但問問看又不會少一塊肉。

「媽，我能去嗎？」我問，「這會是很棒的經驗。你也聽到齊博士說的，他們需要我照顧畢舅公。」

「爸爸，你說呢？」老媽的語氣沒有我想像中的嚴肅。事實上，老爸和老媽看起來並不驚訝，不曉得是不是事先討論過了。小欣說的祕密就是這個吧。

「啾啾夠大了，他可以照顧自己一陣子。他平常做很多家事，不過我想家裡就算沒有他，還是可以想想辦法。啾啾，你不在的時候，我想我們可以請小喬過來撿木柴和餵雞。」

「請幫手要錢不是嗎，爸？」我很願意付錢給小喬，可是我沒錢。

齊博士說：「啾啾，小喬打工的錢就從你的薪水扣。」

我說：「可是我沒有薪水。」

「你幫忙照顧恐龍的話，博物館每週會付你二十五元，你可以拿那些錢付小喬。」

「真的嗎？太棒了！我們什麼時候出發？」

齊博士摸了摸下巴。「博物館需要一點時間準備迎接恐龍，而且我們也得安排運送的卡車，大概還要再過一星期才能出發。」

「這樣啊，」我說，「可是學校九月九日就要開學，我不能在博物館待很久，只能待個一、兩天。不過當然，這樣總比完全不能去好。」我馬上告訴大人只能去一下下也沒關係，不能讓他們覺得我不想去。只是實在很可惜。

「喔，對了，啾啾，還有一件事。」老爸突然想起什麼似的，「我今天和你們學校的詹校長談過了，他說如果你開學後得到華盛頓照顧恐龍，他可以讓你請假……他好像是說可以請四個星期。校長覺得你走這一趟可以學到很多東西，回來再補課就好。」

「真的嗎？」我說，「詹校長萬歲！沒想到他會答應。」

「不過，詹校長有條件，」老爸看了老媽一眼，「他說你不在的時候，還是得做作業。」

「我會的，」我立刻保證，「我會比平常認真一倍。」

老媽說：「聽著，該做的功課一定要做。就算你比平常認真一倍，也不算很努力。」小欣在偷笑，但我太開心，沒有像平常一樣在桌子底下偷踢她。

齊博士說：「如果要上自然課，博物館裡的人可以教你，整座博物館可以學到很多東西。史密森尼學會就在國家廣場對面，藝術工藝館、國立美術館也只隔一條街。更別說，國會圖書館、國會山莊、最高法院也在華盛頓特區。你喜歡天文學的話，那裡也有海軍天文台。我們會確保你不會把書本忘光光。」

「天啊，」我說，「你們的意思是說，一切都安排好了，我可以去華盛頓待上**整整一個月**，還能拿到零用錢，**又不用上課**？真是太幸運了！我一定是在作夢！」

我開心到連那天晚上甜點吃什麼都不記得了，這種事可不常發生。

12 前往華盛頓

九月六日早上，我和齊博士前往華盛頓。卡車前一天就到了，我們在後車廂放了很多稻草鋪成畢舅公的小窩，還準備了一車的青草當飼料。我們早該離開自由鎮，這裡的草都被我們用完了，附近地上好幾公尺都光禿禿的。

最近入夜後開始轉涼，畢舅公有點無精打采。我們出發那天，天色灰暗，霧氣很重，畢舅公一點都不想站起來，更別說讓牠上卡車。畢舅公現在變得很大隻，齊博士的筆記本寫著牠那天身長三・二公尺（不過尾巴太長，很難量得準），重五百一十七公斤。我們在卡車後頭放了一塊很大的木板當斜坡，但畢舅公不肯走上去。牠站在卡車後頭，緩緩搖晃那顆大腦袋。我站在卡車上，拉著畢舅公的鏈子，齊博士、老爸、卡車司機也在後頭幫忙推，不過畢舅公就是不肯上車，一動也不動。

最後我靈機一動，到白太太的花園摘了一枝劍蘭，放到畢舅公的鼻子前面給牠聞。畢舅公聞到香味後精神一振，抬起頭，慢慢站上木板，眼睛一直盯著劍蘭，牠的重量讓卡車發出嘎吱嘎吱的聲音。畢舅公整個身體一站上卡車後，我立刻給牠那枝劍蘭，然後跑下車，把門關好。

老媽、老爸、小欣跟我們說再見。老媽叮嚀我多帶一套睡衣，老爸交代我常寫信回家。齊博士一一向大家握手道別。司機先生提醒如果不想花一百年才抵達華盛頓，最好現在就出發。我把行李箱放進齊博士的車，再坐進卡車，一路上我得負責看著畢舅公，以免沿路的噪音讓牠太激動。我不曉得該怎麼安撫畢舅公，不過至少牠能從小窗口看到我，知道我陪著牠。

卡車終於發動了，我們即將出發。我對著車窗外揮手，看著老媽、老爸、小欣站在房子前也對著我們揮手。很快的，他們的身影便消失在眼前，樹木擋住視線，連我家的房子都看不到了。這是我第一次出遠門，不過我太興奮了，沒時間感傷。

現在才早上六點半，經過奧西皮湖時，一片霧茫茫。我回頭一看，就連齊博士跟在後頭的車都有點模糊。卡車司機費先生跟我聊天，告訴我到了華盛頓之後應該參觀哪些地方，他說華盛頓紀念碑和動物園都很不錯。費先生已經替國立博物館工作二十年，幾年前還跟著探險隊一起去懷俄明州蒐集化石。

費先生說：「那次我們到懷俄明州的科摩崖恐龍墳場，那裡離梅迪辛博山脈不遠，是我見過最荒涼也最嚇人的地方，到處都光禿禿的，鳥不生蛋，地上有很多大塊大塊的化石。離開的時候我鬆了一大口氣。我討厭遍地都是骨頭，還是活生生的動物比較好。這是我良心的建議。」

車子繼續往前開，太陽出來了，霧氣漸漸散開，迎接我們的是一個再晴朗不過的九月天。路旁的農田乾乾淨淨，看起很舒服。秋高氣爽，一路上除了我們，幾乎沒有其他車輛。

我們抵達曼徹斯特，車開始多了起來。進市區的時候，一台簇新的大型車試圖超車，在旁邊一直猛按喇叭。畢舅公一定是被嚇到了，我聽見牠動來動去，還用角撞車身。我轉過頭，隔著窗子對畢舅公說話，牠過了好一陣子才冷靜下來。不曉得為什麼，畢舅公不喜歡車子的喇叭聲，接下來只要有車子靠得太近，對著我們按喇叭，我就得不斷安撫畢舅公。

車子開了好久都還沒到華盛頓。一路上，只要經過城市，費先生就會告訴我那個地方的名字，讓我對照地圖。我們經過麻州的伍斯特，還經過康乃狄克州的哈特福。我還記得我們穿越紐約時，沿路喇叭聲響個不停，畢舅公一直撞卡車的板子，我不停跟牠說話，極力安撫牠。

過了紐約之後，我就搞不清楚東南西北了，車窗外似乎到處都是永無止境的城市。我從來沒看過那麼多房子、那麼多煙囪和工廠，看起來所有的地方統統連成一片，天空煙霧瀰漫，根本看不出來天氣如何。

車子經過費城的時候，已經很晚了，我們停下來吃晚餐。餐廳桌上有一個小盒子，只要放進五分錢，就會開始播放音樂*。費先生教我按下歌名下方的紅色按鈕，就可以聽想聽的曲子。我選了〈草原之夜〉，因為那是唯一歌名聽

*譯註：本書寫於一九五〇年代，不像今日有各種電子產品讓人們隨時聽音樂，不過公共場所有「點唱機」，投幣之後，選擇喜歡的曲子，機器就會播放音樂。台灣有時還能看到這種復古的裝置。

起來不悲傷的歌，可是那首歌很刺耳，好難聽啊。齊博士說點唱機是現代文明最偉大的發明，我很肯定他是在開玩笑。

我們再次上路，天色已黑，一路上不時有亮光閃過。我一定是睡著了，迷迷糊糊之中聽到齊博士說：「費先生，請倒車到後面的入口。」我往外一看，是一棟很大的深色建築物，卡車停下後，我下車走到後門。

齊博士說：「啾啾，歡迎來到華盛頓，抱歉讓你這麼晚還不能睡覺。」

費先生說：「別擔心，他從威明頓就開始睡了。」費先生打開卡車後門，放下後擋板。齊博士打開建築物大門，開了燈，讓大家可以看清楚腳下的路。裝卸台和卡車底板一樣高，所以這次不需要架斜坡。畢舅公身體太長，很難在卡車裡轉身，要叫牠倒退著走可不容易。費先生撐住擋板，我和齊博士抓著畢舅公的角，推著牠往後退。我一直安撫畢舅公，要牠別緊張。一開始畢舅公不肯動，不過後來牠終於弄懂我想叫牠做什麼，便一步一步慢慢從卡車退出去，接著我們讓牠轉身，帶牠進建築物。

我們經過一條長長的走廊，途中還差點撞到突然從角落冒出來的甘博士。

甘博士深吸一口氣，身體緊緊貼在牆上，讓畢舅公通過。

甘博士說：「我的天啊！牠現在簡直像一匹馬！這樣帶著牠走來走去很危險，那些角看起來會傷人。」

齊博士說：「別擔心，啾啾會照顧牠。」

我們帶畢舅公到走廊盡頭一間很大的房間，地上鋪了很多稻草，窗戶上釘著鐵欄杆，門看起來很堅固。

甘博士說：「我終於弄到你們要的草。」他指著角落的一大堆草，「有夠麻煩的，我們特地跑到蓋瑟斯堡才找到。今天早上剛送來，很新鮮，而且足足有半噸。」

齊博士說：「太棒了，看來一切都準備就緒。啾啾，我去跟值夜班的管理員說一聲，然後我們回我的公寓，趕快上床睡覺。」

我們和甘博士、費先生道晚安，沿著博物館走出去。

齊博士指著廣場上一根很大、很高的柱子，柱子聳入雲霄，在黑夜裡發出白光，好美、好亮，實在太壯觀了。

齊博士告訴我：「啾啾，那就是華盛頓紀念碑。」接著他指著相反方向，說：「那是國會山莊。」

我順著齊博士指的地方看過去，一棟有著巨大圓頂的長型建築閃閃發光，我從來沒看過這麼富麗堂皇的房子，一輩子都忘不了。

「來吧，啾啾，別再看了。」齊博士催促我，「該上床睡覺了，接下來幾個星期還有很多時間可以參觀。」

13 闖下大禍

齊博士的公寓位於十二街，離博物館不遠。一開始我不太習慣，很難入睡，因為整個晚上窗外的車聲沒停過。看來城市裡不管幾點鐘總有人醒著，再晚都一樣。白天的時候沒感覺，晚上躺在床上，就會注意到窗外車水馬龍，屋頂也一直有燈光反射進來，不過一陣子後我也就習慣了。

我到華盛頓後，第一件工作就是帶畢舅公出門散步。齊博士說，畢舅公一整天被關在博物館裡，一定得帶牠出去走走，讓牠獲得充足的運動並呼吸新鮮空氣。天氣轉涼之前，都可以帶畢舅公出去，之後就讓牠待在室內。不過當然，我們現在來到城市，不適合大白天帶一隻恐龍上街。齊博士說，活生生的恐龍對華盛頓居民來說是新鮮事，大家可能會湊過來圍觀，讓警察很頭大。此外，甘博士也不希望讓太多人發現畢舅公，以免民眾一窩蜂跑到博物館，打擾他們做研究。

甘博士嘮叨個沒完：「我認為應該保護恐龍，不讓民眾打擾。如果大家知道我們這裡有隻活恐龍，他們會統統跑來，這樣對恐龍不好，對我們也不好。再說，民眾對恐龍並沒有科學方面的興趣，只會傻傻盯著看。我到現在都還沒發新聞稿，就是這個原因。還是等我們好好研究一陣子之後再說，現在要保持低調，我甚至沒通知警方。」

最後我們決定趁一大早街上沒人時，帶畢舅公去散步，每天我大約五點鐘就起床，那個時候天色還很昏暗。我穿好衣服、吃過早餐，走路到博物館。一大早出門散步很舒服，街道上空蕩蕩的很安靜。我走在十二街上，穿越賓州大道、憲法大道，然後抵達國立博物館。

我從博物館後門進去，告訴管理員伯伯我要帶畢舅公去運動，他會幫我們開門，等我們離開後再關門。伯伯老是站得遠遠的，他說：「我實在不懂，你怎麼敢靠近那隻大傢伙？牠一口就能把你咬爛。」

我解釋：「不會的，畢舅公很乖，只要不去惹牠，牠不會傷害任何生物。牠跟我很熟，從牠出生的第一天，就是我在照顧牠。」

我和畢舅公通常會在國家廣場上散步半個鐘頭。國會山莊和華盛頓紀念碑之間有一大片草坪和開闊的空地，稱為國家廣場，清晨時分通常沒人，頂多只有一、兩個民眾在格蘭特將軍雕像附近遛狗，或是偶爾有牛奶車經過。在外頭待上一段時間後，我會帶畢舅公回博物館，在民眾紛紛出門、車子陸續上街前安全送牠回房間。

齊博士早上抵達博物館後會先出幾道自然課的題目給我，要我找出答案；例如：蝴蝶的生命週期是什麼、煤炭是怎麼形成的，或是冰川一度覆蓋北美洲哪些區域，接著我得在博物館找出相關展覽，仔細研究，畫張圖表，接著回去告訴齊博士我的研究心得。報告完之後，我到館長辦公室，館長會出一些數字讓我算，我算完後，祕書讓我用計算機檢查答案。我真的在博物館學到很多東西，這裡比學校還有趣呢。

齊博士有空的時候，偶爾會帶我去檔案館或最高法院。我把附近摸熟後，自己也去了很多地方。我最喜歡哲斐遜紀念堂，那是一棟很大的圓頂建築物，由白色大理石建造，就在潮汐湖旁邊。聽說那些大理石來自我家隔壁的佛蒙特州，看起來很不錯。紀念堂裡有哲斐遜總統的雕像，圓形屋頂上還刻著他講過的話。我記不得上頭寫些什麼，不過大意是哲斐遜總統認為人民的事，應該由人民自己做決定。齊博士說他也相當喜歡這座紀念堂。

就這樣過了兩星期，畢舅公持續快速長大。新鮮的草太難找，我們試著改餵牠不同東西，最後決定讓牠吃苜蓿，再加二十二公斤的家禽飼料當點心。畢舅公一天大約吃掉四大袋苜蓿，還得喝三十八公升的水。我不知道天底下有食量這麼大的動物，到了九月二十五日，畢舅公已經長四・八五公尺，重一千二百一十二公斤，頭上的角幾乎和我的手臂一樣長，鼻子上的角則大約是我手臂一半長。牠的頭長大約九十公分，脖子上頭長著一圈頭盾。

畢舅公強壯得不得了，我們早就放棄用皮項圈和牛鐵鏈拴著牠，因為找不著大到可以圈住牠脖子的項圈，而且牠隨隨便便就能扯壞鏈子。現在我帶畢舅公出去的時候，改用繩子綁住牠左上方的角，不過如果牠就是不聽我的話，不肯跟我走，我也沒辦法。齊博士說恐龍的腦袋很小，不是很聰明，不過畢舅公認得我、信任我，所以願意跟著我，否則我實在拉不動牠。

有時一大清早，到處都沒人，我會爬上畢舅公的背，讓牠載我一程。爬上去最簡單的方法，就是用左腳踩在牠一根大角上，緊緊抓住牠的頭盾，然後一躍而上，騎到牠背上。畢舅公的背有點前傾，不過皮膚很粗，就像砂紙一樣，所以我坐在上頭不會往前滑。我拉著繩子，讓畢舅公往左或往右，牠走路的速度不是太快，所以不用擔心撞到東西。

一天早上，可怕的事發生了。

大概在九月底的時候，我和平常一樣，早上帶畢舅公到外面運動。那天地上都是霧氣，不過上方的視野還算清楚，看得到聳立在遠方的華盛頓紀念碑。我騎上畢舅公的背，慢慢前進，帶著牠走向華盛頓紀念碑。碰上這種天氣其實還滿好玩的，只見廣場四周所有的大型建築物全都蒙在霧裡，像是州際貿易大樓、農業部等，看起來像是一座座的灰色峭壁和岩石。我想像自己是史前人類，正在到處探索新地方和新事物。這種霧中散步很刺激，沒想到等一下會發生的事更刺激……

我和畢舅公抵達十四街，我滑下牠的背，帶牠過街，以免有車子衝出來，過完馬路又再次爬上去。我們朝著通往紀念碑的山丘走，一路上，我感覺到畢舅公的肩膀在動，也看到在牠的厚皮之下，腿上和脖子上的巨大肌肉在動。我們抵達山丘頂端時，我讓畢舅公休息一下。此時濃霧散去一些，我望見潮汐湖對面的哲斐遜紀念堂，但整棟建築籠罩在灰色光線之中，模模糊糊的，我想騎著畢舅公朝潮汐湖前進，近一點看得比較清楚。

原本一切都很順利，直到我們抵達獨立大道和十五街的交叉口。那時是綠燈，所以我以為可以安全通過馬路。畢舅公悠閒的慢慢走，我們穿越馬路過到一半時，一輛小卡車開了過來，就停在我們前面。我有點緊張，因為不能讓民眾知道恐龍的存在，所以我想趕快把畢舅公帶走。然而畢舅公速度實在太慢，我們還沒來得及走到對面就變紅燈了。小卡車司機犯了一個大錯誤，他沒耐心等我們通過，猛按喇叭，而且幾乎就在畢舅公的耳邊按。

畢舅公嚇了一大跳。牠一向不喜歡車子對著牠按喇叭，所以牠衝過去，頂起小卡車，輕輕鬆鬆就把車子拋出去。小卡車司機從車窗爬出來，在街上大喊大叫：**殺人了，殺人了！**

我立刻滑下畢舅公的脖子，帶牠到小卡車旁，讓牠翻正車子，接著用力扯繩子，以最快的速度拉著畢舅公回到獨立大道的另一側。我左看右看，都看不到小卡車司機，所以我掉頭回博物館。我有預感這下麻煩大了，得快點把畢舅公安全的送回去。

齊博士一到博物館，我就告訴他剛才發生的意外，齊博士點點頭，說：「遲早都會發生這種事。畢舅公實在不適合在城市生活。恐龍力氣很大，但速度很慢，三角龍不需要靠速度取勝，牠們安靜、頑固，不惹事生非，要是有人找牠們麻煩，可得小心了！三角龍力大無窮，你會吃不完兜著走。」

齊博士看著我，笑了起來：「啾啾，人類的性格有時也和三角龍一樣，尤其是你家鄉的人。」

「本來沒事的，」我說，「如果那個人沒對著我們按喇叭，根本不會出事。要是開車的人都不亂按喇叭就好了。」

齊博士微笑著說：「現代人開車一定會按喇叭。他們花了錢買喇叭，覺得自己有權利一直按。」

我問齊博士：「你覺得警察會怎麼做？」

「我猜他們會說，不准把恐龍帶到街上。不過反正天氣要轉涼了，不適合帶畢舅公出門。啾啾，別擔心，這件事交給我們處理。」

齊博士要我別擔心，但我還是忍不住擔起心來。誰知道警察會怎麼處理恐龍，他們也沒碰過這種事啊。

14 議員參觀動物園

不久後，警察局打電話到博物館來。

齊博士接起電話，要我也拿分機聽。那次的對話非常不尋常，所以我儘可能一字一句記錄下來。

「齊博士，是你嗎？」電話的那頭問，「我是倪警長，有民眾向我們報案，聽起來很離奇，我想確認是不是真有這麼一回事。

「今天早上有個瘋瘋癲癲的男人跑來，說他開卡車經過獨立大道和十五街交叉口時，看到一隻頭上長角的大怪獸，他以為是裝了輪子的絨毛玩偶，但突然間那隻動物轉身，衝過來撞倒他的車。他爬出車窗，逃到警察局來。他還說有人騎在那隻怪獸背上，好像是個孩子。」

齊博士非常鎮定的回答：「真的啊？」

「齊博士，不好意思打擾你了，那個男人沒喝酒，所以我們覺得最好還是調查一下。

「我們趕到事發地點，報案人的卡車的確在那裡，但好好的停在路面上，並沒翻過來。那個人無法解釋怎麼會變成那樣，但一再發誓他離開現場的時候，卡車的確倒在地上。

「我本來想帶那個傢伙回局裡察看，但有人發現人行道附近的泥土上有個很大的腳印，大概有三十五公分那麼長，上頭有四個腳趾。我們打電話給動物園，他們說聽起來像是巨龜的腳印，但他們的烏龜沒有逃跑，而且他們也不覺得烏龜能撞倒一台卡車。」

齊博士說：「我想動物園是對的。」

「動物園要我們打電話給博物館，所以我想請教您，是什麼東西會留下那種腳印？」

「倪警長，我的確知道。」齊博士說，「我很確定那是三角龍的腳印。」

「你說什麼？」電話那頭問。

「三角龍。那是一種有角的恐龍，跟報案人的描述一樣。」

「齊博士，別開玩笑了。」警長聽起來有點不耐煩，「那輛卡車是今天早上被弄倒，不是一百萬年前。」

「我知道。」齊博士說，「騎著那隻恐龍的男孩把整件事告訴我們了。」

警長頓了一下，「齊博士，可以再說一遍嗎？我沒聽清楚。」

「我說，騎恐龍的男孩已經告訴我們整件事。」

警長又愣了一下，「不好意思，我一直聽到你說『騎恐龍的男孩』，電話一定是故障了。」

「我的確就是那麼說的，」齊博士耐心解釋，「我們這兒有一隻恐龍，今天早上那孩子帶牠出去散步的時候，發生了……嗯……一樁意外。」

電話那頭安靜了好一陣子，最後警長說：「我看我還是親自過去一趟比較好。」然後就掛斷電話。

不久，警長抵達博物館。他個子很高，下巴寬寬大大，一臉嚴肅。齊博士帶著警長到地下室看畢舅公。

「我的天啊！」警長大叫，「這東西在這裡多久了？」

「快三個星期了。」齊博士告訴他。

「你是說，過去三個星期，牠每天早上都被放出去？這太危險了，我們不能讓這種東西在街上亂跑。今天早上的意外沒人受傷，車子也沒壞，但下次可能就沒那麼幸運了。你得綁好這隻恐龍，不能讓牠到處亂跑。」

警長對著畢舅公皺了皺眉，轉身離去，但馬上又折回來。「還有一件事。華盛頓特區規定，除了在指定區域，不許飼養大型動物。」

警長拿出一本小冊子翻了翻，說：「貓狗可以飼養；兔子、倉鼠、天竺鼠、白老鼠符合規定條件時可以養；馬、牛、綿羊、山羊、豬及其他牲畜禁止飼養；具有潛在危險的動物不得飼養，例如熊、豹、浣熊、人猿，包括幼畜在內，不論是否關在籠子裡都在禁止之列。

「齊博士，很抱歉，爬蟲類動物也不能養，更別說是恐龍了。我可以給你二十四小時，讓你送牠到別的地方，我頂多只能為你做到這樣。」

警長在筆記本上寫了一些東西，然後啪一聲合上，接著就離開了，看來沒有商量的餘地。

齊博士說：「啾啾，這下子我們該怎麼辦？」他不斷摸下巴，「我猜最有可能收容畢舅公的地方是動物園，你說呢？」

我說，如果動物園能好好照顧畢舅公，送過去也沒關係。

「一定會的，」齊博士說，「畢舅公會成為動物園的明星，園方一定會盡一切力量照顧牠。我來打電話給動物園的何先生，他是我的好朋友。」

齊博士在電話上講了很久，掛斷電話後告訴我：「何先生說，他們很願意養恐龍。動物園裡先前死了一隻大象，那個空位很適合畢舅公，空間夠大，而且有暖氣。天氣好的時候，也有寬敞的戶外空間可以活動，比博物館舒服，只是有一件事……」

我問：「什麼事？」

「政府。」齊博士用手托著臉，「政府正在大力刪減支出，他們每隔一段時間就會做這種事。內政部的預算最近被大刪，尤其是國家公園的錢少了很多，國家動物園也一樣。那就是為什麼他們沒有補充新大象，大象食量很大，恐龍也一樣。

「啾啾，何先生說，他非常歡迎你的恐龍，但他擔心預算不夠，不過我們先把畢舅公帶過去，剩下的事再說了。」

隔天一早，費司機就把卡車開到博物館門口，我們小心翼翼的把畢舅公裝進去，因為牠現在足足重一千四百四十公斤，長五公尺多。我們開車前往國家動物園，短短一段路而已，大約只和博物館相隔三、四公里。我們開上康乃狄克大道，接著彎進岩溪公園。卡車開上小山丘，一旁的牌子寫著：**遺失物品與走丟的孩子將被送至獅籠。**

我覺得這條規定對孩子來說太嚴苛了，畢竟動物園這麼大，很容易迷路。

卡車開到大象之家後面，何先生在那裡等我們。園方準備了移動式坡道，擺在卡車後頭，我們讓畢舅公倒退著走出車外。整個過程花了很多時間，終於順利的把畢舅公送到新環境。

我帶畢舅公進入新家，給牠看哪裡可以喝水、哪裡可以吃飼料，接著又帶牠到外頭看一看。畢舅公的新家可以看到河馬和長頸鹿，所以牠不會太寂寞。動物園的飼養員送來一大堆苜蓿和飼料，畢舅公立刻吃了起來。

齊博士說：「我們每天都會過來幫畢舅公量身長和體重。」我們向何先生道謝，然後坐上卡車回博物館。

齊博士說：「目前為止一切都很順利，現在我們等著看國會議員發現恐龍後怎麼說。」

大約三天後，何先生打電話到博物館，告訴我們國會的小組委員會將到動物園視察恐龍，「你們最好過來幫你們的恐龍回答問題。」

我們抵達動物園的時候，畢舅公正舒舒服服的用肩膀摩擦柵欄。牠看起來很健康，和先前一樣，體重又增加很多。

齊博士突然悄悄碰了我一下，提醒我有人過來了。我看到四個人很快掃視了一下四周，接著就直直走向畢舅公的籠子。

一個抽雪茄的禿頭男人說：「一定就是這個，在這裡。」另一個人也靠過去盯著畢舅公看。飼養員走過來，把三袋苜蓿和一袋穀物裝進飼料槽。

抽雪茄的男人問：「那些飼料可以撐多久？」

飼養員說：「牠半小時就能吃完那堆東西，胃口非常好。這小傢伙一天吃八袋苜蓿，加上九十公斤穀物。看牠吃得這麼開心，你也會跟著開心。」

「老艾，聽見沒？」抽雪茄的男人說，「錢就是這樣花掉的。」

「他們說這種恐龍叫什麼？」另一個人問。

齊博士走向前介紹：「各位好，牠是三角龍。」

「我從來沒見過這種東西，」另一個人說，「牠打哪來的？」

「牠來自新罕布夏州的自由鎮。」齊博士摸摸我的頭，「這孩子從恐龍孵化起就在照顧牠。」

「這動物長得可真醜，你們說是不是？」男人說，「有什麼特別的理由該花納稅人的錢養牠？」

「目前為止牠是全世界唯一一隻活恐龍，相當珍貴，我們認為有必要讓科學家好好研究。對美國人來說，自己的國家動物園就有一隻活生生的三角龍，實在是美事一樁。」

「我可不這麼認為，」抽雪茄的男人吐著菸圈，「該是時候讓人民知道，美國政府不是笨蛋，不會隨隨便便亂花錢。」他用雪茄指著我和齊博士，「你們兩個，明天早上十一點到議會辦公大樓葛議員辦公室來，我得了解一下你們的恐龍是怎麼一回事。」葛議員走出大象之家，其他人也跟著離開。

15 重大危機

隔天早上，我和齊博士依照約定時間前往議會辦公大樓。那是一棟高大的建築物，就在國會山莊旁邊。議員不在參議院制定法律和高談闊論的時候，就到辦公大樓工作和商量事情。葛議員的辦公室在二樓，我們走上樓梯，等了好一陣子，祕書才說可以進去了。

葛議員坐在辦公室中間，身旁菸霧繚繞。他起身和齊博士握手，也和我握手，指著兩張椅子要我們坐下。他有一張很大的桌子，上面有玻璃墊。

葛議員清了清喉嚨，大搖大擺靠在椅子上：「聽好了，兩位先生，首先你們要知道，我對你們的恐龍沒意見，那顯然是一隻了不起的動物，也許吧。但我唯一關心的事，就是努力幫納稅人省錢。我的委員會花了很大的力氣，努力刪減政府的支出。如果和美國人民的福祉無關，絕不能亂花錢，一切不必要的預算都得刪掉，然而今天在美國的國家動物園，就在我們華盛頓特區，居然養了一隻食量以噸計算的巨大昂貴動物。我請問兩位，一隻暴龍對美國人民來說有什麼好處？」

「是三角龍。」齊博士說。

「隨你怎麼說，博士。」葛議員說，「你愛怎麼叫就怎麼叫，但重點是那隻恐龍有什麼用？」

齊博士說：「參議員先生，大象又有什麼用？大象的飼料也很貴。」

「大象不一樣，」葛議員說，「大象是標準的動物，每個人都知道大象是什麼。書本提到大象，馬戲團也有大象。大象流傳在我們偉大的美國傳統裡，還成為大政黨的吉祥物。當然了，就算是大象也不能太多，一座動物園只需要一隻就夠了，沒必要養兩隻以上。」

「可是，參議員先生，大象有很多種，」齊博士據理力爭，「像是印度大象、非洲大象。你不覺得該讓民眾有機會看到不同的大象嗎？」

「博士啊博士，」參議員用力拍桌子，「大象就是大象，民眾只需要知道這件事就夠了。如果是美國的動物園，那就是美國大象，管牠來自哪裡。話說回來，你們那隻恐龍哪來的？」

齊博士對著我點頭，由我負責回答這個問題。「畢舅公來自我家的雞窩。」

葛議員問：「你家在哪裡？」

「我住在新罕布夏州的自由鎮。」

「這樣啊，」葛議員說，「恐龍怎麼會出現在你家？」

「牠是從我家母雞生的蛋孵出來的，我家的雞同時有羅德島紅雞和橫斑蘆花雞的血統。」

葛議員揚起眉毛，「你是說，這隻三交……什麼龍的，是從雞蛋裡孵出來的？不太可能吧。你確定不是有人偷偷把這顆蛋塞到你家雞窩？恐龍蛋出現的時候，你家附近有沒有可疑人物出沒？」

「有……不對，沒有……」我結結巴巴，因為我搞不清楚應該回答哪個問題。「反正不管怎麼說，是我家的母雞孵出恐龍，牠老老實實的孵了六星期，花了很多時間。」

葛議員沒在聽。他對著桌上的玻璃墊皺眉，過了一會才抬頭看著齊博士。

「博士，你以前見過恐龍蛋嗎？」

「當然見過，」齊博士說，「我們手上有很多恐龍蛋。」

葛議員追問：「那些蛋是從哪裡來的？」

「外蒙古的戈壁沙漠。」齊博士回答，「不過那是安氏原角龍……」

葛議員打斷齊博士，重重敲著桌子。「兩位，這下子我知道該如何處理了。你們的恐龍不屬於美國的國家動物園。牠不是美國動物，我們的國家動物園沒義務養牠。絕對不能花納稅人的錢來養外國的怪獸。獅子、老虎、長頸鹿，這種動物可以，但來自外國的古生物不行。恐龍已經滅絕了不是嗎？難道你要給民眾錯誤觀念，讓大家誤以為美國還有這種動物？」

「可是議員先生……」齊博士試圖爭辯。

葛議員揚起大手，「先別說話，博士。不要試圖改變我的心意，我對美國人民有責任。今天參議院開會的時候我將提出立法，美國國家動物園、美國國家公園，以及美國境內與屬地的所有地方，將禁止飼養古生物、古怪生物，以及任何不可能存在的動物。」葛議員起身走到門邊，送我們出去。「兩位先生，我還有很多事要忙，得和你們說再見了，謝謝你們今天來到這裡。」

下一秒鐘，我和齊博士已經被轟到走廊上。他盯著地板，看起來非常沮喪。「啾啾，情況不妙了，要是當初讓畢舅公留在新罕布夏州，今天就不會有這種事了，都是我的錯。」

「齊博士，這不是你的錯，」我安慰他，「你只是想幫畢舅公找到最好的家。你也不知道事情會變成這樣。」

我和齊博士回到博物館，他坐在書桌旁凝視著窗外，接著站起來，手插在口袋裡，不停的在地毯上走來走去。

最後齊博士終於停下來看我。「每次碰上國會，我都覺得很無力。真搞不懂議員的腦袋是怎麼想的。要我認始祖鳥的話我會，要我分辨魚龍與蛇頸龍我也行，三葉蟲和筆石我也沒問題，但參議員這種生物我實在是一無所知。」

我問：「齊博士，為什麼葛議員不喜歡恐龍？恐龍做錯什麼？」

齊博士聳聳肩說：「我也不知道。葛議員沒事就會發作，通常選舉快到的時候，他就會變成那個樣子，說什麼他得救救這個國家。去年他聲稱漫畫會危害美國，你大概也聽說過那件事。前年他說鞭炮會害了這個國家，明年他會說籃球有害，或是美國人會被船隻馬達殺死。你永遠無法預測他下一次要指控什麼。奇怪的是，只要他一開口，民眾就會熱血沸騰、一呼百應。上次他讓所有人都站出來反對玩具槍，現在玩具槍在美國每一州都是違法的，內華達州和愛達荷州除外，反正那裡的人只玩真槍，不玩玩具槍。有一次葛議員還提議把美國西部的美洲野牛趕盡殺絕，法案還真的差點通過。」

午餐過後，齊博士帶我到參議院樓上的聽眾席，我們在前排坐了下來，視野很好，底下的議事看得一清二楚。一位議員正在講美國闊葉菸草的事，但我沒仔細聽，因為我掛念著畢舅公的下場。齊博士用手肘碰碰我，我往下一看，葛議員走進議事廳。講菸草講個沒完的議員終於下台回座位，響起稀稀落落的掌聲。

突然間，葛議員站上發言台大聲說：「主席先生，本席在此提出一件攸關我們所有人的事。各位都知道，本席一向致力於造福美國人民，並努力保護美國人民的安全。接下來本席要告訴各位的事，相信全國民眾都會專心聆聽。今日發生了一件事，不但浪費納稅人的錢，而且還對這個偉大國家的男女老幼造成極大的威脅。」葛議員停了下來，看了看四周，好像在等大家鼓掌。

「不需要本席提醒，各位也知道政府正在刪減預算，致力於降低讓所有美國公民都難以負荷的重稅。本席兢兢業業，花了無數時間，努力找出聯邦政府各機關不必要的支出，所以各位可以想像，當本席發現就在我們的國家首都，居然有如此驚人的浪費，本席感到多麼痛心疾首。本席必須沉痛的指出，在我們的國家動物園，有一隻動物正在揮霍納稅人辛苦賺來的錢，一天高達二十一・六元。每一週的每一天，都是這個數字，包括週六與週日。更令人震驚的是，這隻動物毫無用處，不耕田，也不生產羊毛。更令人吃驚的是，本席所說的這隻動物，不是一般的動物，不是那種在我們美麗國土的森林與平原上漫步的獅子、老虎、大象……」

葛議員說到這裡，有人偷偷在他耳邊提醒，他剛才提到的動物，不是每一種都來自美國。葛議員停頓一下，又繼續說：「有的是在我們美麗的國土上，有的是在海外其他國家的森林與平原上。各位，本席要在這裡指出的動物，不是每天都能看到的普通動物，而是一種非常醜、非常怪，而且幾億年前就已經滅絕的動物，甚至是幾億年前。」

齊博士偷偷在我耳邊說：「他也太會扯了吧，三角龍頂多是七千萬年前的動物。」

葛議員舉起大手，一根指頭左右擺了擺，就跟我班上魏老師要罵人的時候一樣。「各位，本席要說的可是一隻恐龍，那種恐龍叫『傘叫龍』……不對，是『三叫龍』，不對……各位，專有名詞本席一時想不起來，不過不管那種恐龍叫什麼都沒差，牠依舊是本席這輩子看過最醜、最邪惡的爬蟲。我們的國家動物園居然養著這樣的動物，這對動物園及其管轄單位來說，都是十分丟臉的事。各位能想像嗎？只要想一秒鐘就好，居然讓聰明優秀、眼睛閃亮亮的美國孩子們，看到這種毫無用處、完全過時，而且是來自外國的動物，多麼可怕啊！我們難道不想讓孩子在長大後，成為進步國家的進步人民？如果是這樣，就絕對不能讓孩子著迷於這種無用的古生物。

「恐龍是大自然在很久很久以前就淘汰的愚蠢錯誤，在哥倫布尚未把美國旗子插在我們美麗的海岸上時，牠們就已經滅絕了。各位先生，我們絕對不能容許自己活在過去，我們必須勇敢面對未來，手牽手、肩並肩，一同邁向光明燦爛的明天。」

有幾位參議員拍手，葛議員喝了幾口水。

「本席在此提議，我們必須殺掉這隻怪物，」葛議員繼續說，「本席在此提出立法，任何人要是飼養這種不符合大自然規律的動物，將觸犯聯邦罪。我們必須立刻殺掉那隻怪物。」

葛議員旁邊有個人站起來，高聲呼喊：「葛議員太令人敬重了，我同意他的提議。我要替葛議員順道提出修正案：除了殺掉那隻恐龍，還應該把牠剝皮做成標本獻給葛議員，表揚他辛辛苦苦找出那麼多政府浪費錢的地方，指出政府所犯的錯誤。」

我拉了拉齊博士的袖子：「他們真的會殺了畢舅公做成標本嗎？」

齊博士要我安心：「啾啾，他們還得過我們這一關。」

另一位議員站起來問：「你說的這隻恐龍吃什麼？」

葛議員回答：「牠吃穀物和苜蓿，而且是多到恐怖的量。牠每一天愈長愈大，也愈吃愈多。很快的，為了餵飽這隻貪婪的野獸，美國人民全都得挨餓。」

葛議員拍了拍自己的肚子，強調沒東西吃有多恐怖。

另一位議員拉長聲音，慢吞吞的說：「葛議員，內布拉斯加州的選民很樂意讓恐龍吃苜蓿，想吃多少就吃多少。政府還有很多穀物和苜蓿的儲糧，用都用不完，給恐龍吃不是剛好嗎？牠吃個十幾年都吃不完，而且一毛錢都不用花。我們不是一直在想辦法處理多出來的食物？這下子不就解決了？」

「絕對不行！」葛議員大吼，「美國的家庭主婦拿著血汗錢去買食物，怎麼能免費贈送這隻醜陋怪物多餘的糧食？本席絕不能容忍這種事。」

後排有個人說：「葛議員，可是美國的家庭主婦不愛吃草。」眾人哄堂大笑，議長敲槌子喝令安靜。

議員開始吵來吵去，吵了半天沒有結果。齊博士看起來不太開心，不停的搖頭。

齊博士說：「啾啾，不曉得結果會怎樣，這些參議員大概會一個一個站起來發言，恐怕得到半夜才會結束，接著在場人數會不夠投票，議事便得延到明天，所以我們回去睡覺吧。」

我們走出國會大樓，回齊博士的公寓，一路上齊博士噤聲不語，默默看著人行道。我知道他是在擔心，連他都沒把握，害我也跟著緊張起來。

我爬到床上，齊博士進房間對我說晚安。我把燈關了之後，他依舊坐在床邊，一句話也沒說，整個人看起來又累又沮喪。

「我猜畢舅公沒救了。」我努力讓自己鎮定，但聲音還是有一點發抖。

「不到最後，絕不放棄。」齊博士說，「目前看起來勝算不大，但我們會想出辦法。」

我一下子在床上坐起來。「我們是不是要偷偷溜進動物園，用卡車載著畢舅公逃跑？我們要把牠藏起來嗎？如果議員找不到畢舅公，就沒辦法殺牠了，對吧？」

齊博士搖頭。「啾啾，畢舅公這麼大，很難藏，而且三角龍不是會逃跑的恐龍，遇到敵人攻擊的時候，牠們會正面迎戰。三角龍之所以長著角和頭盾，就是這個原因。牠們並不好惹，就連暴龍都要禮讓牠們三分。或許我們該向畢舅公學習，我不認為碰上麻煩就逃跑可以解決問題，他們早晚會找上門。我們得想想別的辦法，但現在太晚了，再不睡覺，明天會睡到中午喔。」

齊博士走了出去，輕輕帶上門。我睡不著，一直在想怎麼樣拯救畢舅公。隔壁房間傳來齊博士的踱步聲，我進入夢鄉之前，他還在走來走去。

16 奮力一戰

隔天早上我醒來的時候，心情很差，因為我知道不好的事就要發生了。我想睡回籠覺，但是根本睡不著。看了看牆上的日曆，今天是十月二日星期四，也就是說再過幾天就得回學校上課。乾脆早一點回家好了，萬一議員真的要殺掉畢舅公，我一點也不想看，不如回自由鎮上學，忘掉這件事。啊，不行，要是提早回去，每個人都會問怎麼了，我就得不斷解釋發生了什麼事，我不想一直提畢舅公要被殺掉的事。人在很衰的時候，實在不想一再提到自己有多衰。

我走出房門，看看齊博士醒了沒。他正在剃鬍子。

「啾啾，早安。」齊博士說，「你去買牛奶和麵包好嗎？順便帶份報紙，我想知道葛議員的進度。」

幾分鐘後我就把東西買回來，齊博士正在準備餐具。

「我來烤吐司，你把新聞念出來吧。」齊博士一邊說，一邊用叉子叉住一片麵包，在瓦斯爐上烤一烤。我翻開報紙。

參議院討論恐龍法案

【十月四日華盛頓報導】

昨日參議院為了葛德森議員提出的法案爭論不休，直到半夜才休會。法案一旦通過，全美將禁止飼養恐龍。擔任經濟政策委員的艾波皮議員亦支持該法案，並提議由政府出資，將華盛頓特區出沒的那頭恐龍製成標本贈送給葛議員。葛議員指出，自己反對恐龍的原因是恐龍既不事生產又過時，浪費納稅人的錢，他說：「我們的國家不需要已經絕種的動物。」

也有若干議員挺身反對此一「恐龍法案」，但成效不彰。預計參眾兩院將於兩、三日內通過「恐龍法案」，今日世上唯一的一隻活恐龍，將追隨已絕種的祖先，消失在地球上。

齊博士默不作聲，不過雙手並沒停下，他把奶油塗在麵包上，倒了杯咖啡，還用奶油刀攪拌咖啡，因為我在吃蛋，唯一的湯匙在我手上。我們一直說要再買一套餐具，可是每次都是到吃早餐的時候才想起來。齊博士說：「沒關係，研究人員在野外找化石的時候，也沒有湯匙可用。我還用牙刷和螺絲起子攪拌過咖啡，喝起來味道都一樣。」

齊博士喝了口咖啡，指著報紙說：「情況看來不妙，對吧？不過沒差，我原本就不認為國會能幫上什麼忙。」

「我想事情大概就是這樣了，」我強忍著不要哭出來，「我得開始收拾行李，他們殺畢舅公的時候，我不想在場。」

「等一下，啾啾，」齊博士說，「別那麼容易就放棄。我們還有一張王牌沒打。」

「什麼牌？」我問，「像我昨天晚上說的，我們到動物園偷走畢舅公嗎？」

「不是，啾啾，我們要做合法的事，而且我覺得這張牌比偷東西更高明。你認為參議員平日靠什麼生存？」

「他們的肺？」我問。

「嗯，人的確是需要肺沒錯……我的意思是說，參議員進議會之前，他們必須有什麼東西？」

我猜不到齊博士到底想說什麼。「我放棄，直接告訴我答案吧。議員需要什麼？」

「當然是選民的票。」齊博士說，「參議員需要有人投票給他們，要不然他們什麼都不是。」

我說：「可是我沒投票給葛議員，他還是照樣當選議員，而且我又不能告訴別人該怎麼投票，對吧？」

「你說中了！」齊博士說，「你的確可以告訴大家。」

「我來告訴大家？我自己都沒大到可以投票。」

「但你已經大到可以呼籲民眾寫信給議員。」齊博士看了我一眼，幫自己倒了第二杯咖啡。

我覺得這個點子行不通。我要怎麼叫民眾寫信給議員？我能怎麼做？站在街角對著每一個路人大喊？那有什麼用？我要齊博士別開玩笑了。

齊博士說：「不，你不用站在街上，你可以上電視呼籲。我認識一位龐先生，他主持一個每週播出的電視節目，叫《首府大小事》，向全國民眾介紹華盛頓發生的重大事件，還會請新聞人物上節目。」

我問：「他主持節目關我們什麼事？」

「關係可大了！剛才你去買東西的時候，龐先生打電話給我，他想知道你願不願意上節目。他這星期要介紹『恐龍法案』，你又是最了解這件事的人，邀請你上節目再理所當然不過了。」

我倒吸一口氣。「可是我從來沒上過電視，不曉得怎麼上。」

「沒關係的，」齊博士說，「上電視並不難。還有，不要忘了，這是我們拯救畢舅公唯一的機會。」

「不能由你去嗎？」我問，「你懂電視，也知道要說什麼。你可以告訴大家畢舅公對科學界來說有多重要。」

「啾啾，我去上節目恐怕行不通。民眾其實不太關心科學，他們不會因為有一堆無聊的科學家想研究恐龍，就大費周章拯救恐龍。可是如果他們聽到有人要殺害小男孩的寵物，一定會群情激動。依據我的判斷，你是畢舅公唯一的希望。」

我想了好一會兒，怎麼也無法想像自己上電視講話，但如果真的能拯救畢舅公，好吧，再怎麼樣我都一定要站出來。

「好吧，」我答應齊博士，「我……我試試看。」

「太好了！」齊博士說，「龐先生要我們今天早上過去，我們可以討論一下你要在節目上說什麼，好嗎？」

「好……好吧。」天曉得我要在電視上說什麼。

早餐過後，我和齊博士抵達攝影棚，祕書帶我們到龐先生辦公室。龐先生瘦瘦小小的，說話速度很快，不停的在辦公室走來走去。他和我握手，要我坐在一張大皮椅上。

「我們開始吧。」龐先生一邊講話，一邊還在走來走去。「聽說你家後院養了一隻恐龍。」

我點頭。

「牠很凶嗎？有沒有弄傷過你們？」

「牠一點都不凶，非常溫馴，每天就是吃東西、睡覺和散步。只不過牠碰到陌生人的時候有點害羞。」

「可是我聽說你們在華盛頓發生意外，撞倒一輛卡車，對吧？」

「那是因為卡車司機想開快車，對著畢舅公的耳朵按喇叭，要不然畢舅公才不會……」

「我懂了，」龐先生打斷我，「恐龍的伙食費很貴嗎？」

「如果餵牠吃草就不貴。自由鎮的草是免費的，到處都是。」

「你來自新罕布夏州的自由鎮，對吧？說說你們家的事。你有兄弟姊妹嗎？爸爸是做什麼的？你喜歡華盛頓嗎？」

龐先生問個不停，我儘量有問必答，最後他終於抬起手說夠了。

「可以了，現在我們有足夠的題材做專題報導。我會幫你寫一篇簡單的講稿，祕書會幫忙打字，你上節目的時候照著念就好。今天晚上七點左右再過來一趟，我會給你留點時間練習講稿。」

「今天晚上就要錄節目？」我慘叫一聲，「天啊，我根本連緊張的時間都沒有！」

龐先生大笑，送我和齊博士踏出辦公室。

那一整天我魂不守舍，想到要上電視就渾身發抖，胃扭成一團，午餐吃幾口就吃不下了。天啊，我要上節目，萬一搞砸了，結結巴巴說不出話怎麼辦？我最怕上台講話了。晚餐時我只吃了兩片餅乾，整個人坐立不安。

齊博士安慰我：「每個人第一次在眾人面前說話都是這樣，但只要開了口就沒那麼困難。正式開始之前的那段時間最難熬。」

我們再度來到攝影棚，龐先生給了我一張打字稿，我們一起讀一遍。那是一篇很棒的講稿，大概吧，我自己寫不出那種東西，不過講稿上的字句不是我平常會講的話。要用別人的方式講話，感覺有點怪，而且那篇講稿並沒提到我想請大家幫忙拯救畢舅公。龐先生要我自己多念幾遍，正式上場的時候一定要慢慢念、咬字清楚。接著他看了看錶，要我和齊博士在七點五十五分準備上節目。一聽到要上場了，我的胃又扭成一團，我吞下一大口水，點頭說「好」，龐先生便走了出去。

齊博士微笑的看著我：「那篇稿子不是你心裡想說的話，對吧？」

我說：「完全不是。」

「你知道自己真正想告訴觀眾的話是什麼嗎？」

「當然知道，」我說，「我要告訴大家我愛我的恐龍，我要救牠。如果每個人都寫信給自己的議員，抗議『恐龍法案』，就能一起拯救畢舅公。」

「非常好，」齊博士說，「只要你知道自己真正想說的話是什麼，一切就會很順利。」

我聽不懂齊博士在說什麼，直到錄完節目才恍然大悟。齊博士拿起我的講稿，看了看，走進隔壁房間，一分鐘後又折回來，把摺好的稿子交給我。

齊博士叮嚀我：「稿子放進口袋裡，節目開始時再拿出來。」我把稿子放進口袋，幾分鐘後，龐先生在門口探頭要我上場。

龐先生說：「來吧！」我跟著龐先生走進攝影棚，坐在一張桌子旁。現場有一台帶輪子的大型攝影機，燈光太亮，我眼睛眨個不停。龐先生指著牆上的電子鐘，還有兩分鐘就八點了。

「節目八點整開始，」龐先生告訴我，「你的部分在八點十分開始。準備好了嗎？講稿有帶在身上嗎？」

我把手伸進口袋，摸到那張紙，對龐先生點了點頭。

龐先生轉頭面向攝影機，露出微笑，秒針走到八點整的時候，他立刻開始播報新聞。

「各位朋友，晚安。」龐先生流暢的說著，「我是龐班，以下節目是《首府大小事》。在接下來的十五分鐘，我們將帶來美國首都發生的新聞，回顧本週的政治消息。首先，第一則新聞是華府來了一位貴客，蒙蓋先生昨日下午自祕魯搭機抵達，在機場受到熱烈歡迎……」

我愈來愈緊張，完全沒聽見龐先生接下來報導些什麼。我從口袋裡拿出講稿，打開一看，嚇呆了！上頭不是講稿，只是一張空白的紙，用鉛筆寫著：「**啾啾，你知道要說什麼。去吧，說出你要說的話。**」

完蛋了！輪到我念講稿了，可是我沒有講稿！我應該躲到桌下，還是衝出門外？我的手一下子變得像冰塊一樣，還抖個不停，紙差點掉到地上。

我還來不及逃跑，就聽見龐先生說：「……今晚我們邀請他到攝影棚。各位朋友，這位就是譚啾啾，他來自新罕布夏州的自由鎮，恐龍孵化後，就是他在照顧。啾啾，對觀眾說幾句話吧。」龐先生轉頭看我。

我的心七上八下，雖然張大嘴巴，但一點聲音也發不出來，然後我想起來，要是不快點說些什麼，畢舅公就會死掉。畢舅公的命全靠我了，一定要馬上開口說話。

我看著攝影機，深吸一口氣。

「大家好，」我的眼角瞄到龐先生在打暗號，要我快點念講稿。他當然不知道發生了什麼事，但我不能告訴他，因為攝影機正在現場直播。

「嗯……哈囉，大家好。」我說，「我是譚啾啾，住在新罕布夏州。今年夏天的一個早上，我在院子裡的雞窩發現一顆巨大的蛋，最後孵出一隻恐龍。整個夏天都是我在照顧牠、餵牠吃草。牠真的很乖。但是冬天到了，我們不能繼續在新罕布夏州飼養牠，因為恐龍得待在溫暖的地方。而且我們的鎮太小，實在容納不下恐龍，所以我們帶牠來華盛頓，把牠送到動物園，因為那裡比較適合牠住，所有人都可以到動物園看牠。

「我還以為事情很順利，但是國會有些議員說是為了省錢，想殺掉我的恐龍。他們說恐龍又不是美國動物，而且也不會幫人類賺錢，一點用處也沒有。議員說錯了，我參觀了博物館後，發現美國是全世界唯一找得到有角恐龍的國家，六千萬年前，那些恐龍全都生活在懷俄明州，牠們出現在美國的時間比清教徒還早。」

我的眼角瞄到龐先生一直在打暗號，要我趕快念他準備的講稿。我得在他阻止我之前快點講完。

「我每天照顧恐龍，餵牠吃東西，看著牠一天天長大，我不希望別人殺掉牠。我知道牠吃得很多，但也許那是值得的，因為牠是全世界唯一的恐龍。牠長得不可愛，可是我很愛牠。我……我真的希望聽到這個故事的人一起救我的恐龍——牠也是你們的恐龍。如果你想救牠，請告訴你的參議員和眾議員，一定要反對『恐龍法案』，但是動作要快，他們馬上就要殺掉恐龍了。」

我還來不及多說什麼，龐先生就對著麥克風阻止我：「啾啾，感謝你分享這麼有趣的事，希望你在華盛頓玩得開心。好了，各位，今晚節目到此為止，下週四請繼續收看《首府大小事》。」

龐先生說完最後一句話的時候，剛剛好八點十五分，一秒也不差。他轉頭質問我：「天啊，你為什麼不照著講稿念？」

「我找不到……」我說，「我打開紙的時候，上面是空白的。」

「找找你的口袋，一定還在。」

我仔細找了一遍，還是沒有。

「你們小孩子就是這樣，老是弄丟東西。」龐先生數落我，「每次有孩子上節目，我都發誓絕對不再找孩子來。你給他們一張紙，三十秒後，他們就弄丟了，而且奇怪的是還真的再也找不到。」

齊博士走過來拍拍我的肩膀，告訴龐先生：「我覺得啾啾做得很好，他得臨時擠出一篇演講辭，而他辦到了。」

龐先生說：「他是講得很好沒錯，但那不是我幫他寫的東西。我要他介紹家人、介紹家鄉小鎮，告訴大家恐龍長什麼樣子。我不希望他在節目上提出有爭議的話題，這樣我會很麻煩。」

齊博士說：「是啊，我懂。」我們和龐先生說再見，回到齊博士的公寓。到家後，齊博士從口袋裡掏出一張紙，我打開一看，那是龐先生寫的講稿！

我問：「你在哪裡找到的？」

「呵呵，是我藏起來的。我認為龐先生寫的講稿救不了畢舅公，但你可以救畢舅公。我把稿子藏起來，讓你不得不講出自己心裡的話。你成功了，表現得很好。」

「齊博士，你嚇死我了！我看到紙上什麼都沒寫，差點昏倒。」

齊博士微笑，拍拍我的背：「啾啾，我知道我把你嚇壞了，但我想不出更好的辦法。希望我們會成功。」

直到隔天中午，什麼事都沒發生，但接著甘博士打電話過來了。

「天啊，」甘博士說，「你們在電視上的那場演講成功了！我聽說整個早上民眾一直在發電報，電報如雪片般飛到參議院，塞都塞不下。就連猶他州和德州那麼遠的地方都有人寄電報過去。大家都要參議院『救救恐龍』。如果民眾繼續這麼熱情，『恐龍法案』應該沒辦法通過。」

齊博士放下電話，臉上掛著大大的笑容，緊緊抓著我。我們開心的繞著桌子轉圈，接著電話又響了。

齊博士接起電話：「喂？」

電話的那頭說：「老齊嗎？我是動物園的老何。到底發生了什麼事？今天突然有一群巴爾的摩市的人跑來動物園，手上舉著各種旗幟和牌子。他們走到恐龍之家前面示威抗議，宣稱接下來會二十四小時保護恐龍。然後又有五、六百個人從里奇蒙跑來，全都舉著抗議布條。接著夏洛特鎮也來了好多人，費爾法克斯郡親師會的人也統統跑來了，大家全都舉著旗子，所有團體擠在一起，人山人海，鬧烘烘的，長頸鹿都不曉得該怎麼辦了。」

「老何，別擔心。」齊博士說，「你告訴長頸鹿，那些人是為了美國的公理與正義而戰。」他掛掉電話，我們兩個又繼續快樂的手舞足蹈。

過沒幾分鐘，電話又響了，還是動物園的何先生，劈頭就問：「老齊，要怎麼處理？阿靈頓郡的代表團跑來，所有小學生拿出自己的零用錢，一共捐了兩百多元給動物園，讓我們購買恐龍的食物。我該怎麼處理那筆錢？」

齊博士告訴何先生：「你就收下吧。我建議你找個桶子，上頭貼一張紙寫著**恐龍食物基金捐款箱**，最好找大一點的桶子。」

到了隔天早上，事情熱熱鬧鬧，議會辦公大樓打電話過來，說他們接到太多請願信，得用剷雪的鏟子把信集中在一起。各州的參議員立刻改變態度，改口宣稱自己絕對不會支持「恐龍法案」。

動物園的何先生快被煩死了，從來沒有那麼多人跑到動物園，一開門，恐龍之家就擠滿人，才到中午就有十幾個小孩走丟。捐款箱裡的金額快速累積。沃倫鎮的女童軍、卡赫查三市女性投票聯盟，和維吉尼亞州邦比聯合童軍會統統派了代表團過去。布藍賞鳥協會所有的成員都到了，現場還有梅卡尼克維爾鼓笛隊、岩角區中學市民委員會等團體。

動保協會
我愛畢舅公
抗議
恐龍
法案
葛議員下台
一人一元救恐龍
恐龍粉絲團
親師聯盟
抗議
恐龍粉絲團
葛議員下台
紐約市代表
救救恐龍！
我愛畢舅公

一整天都有人熱情支持畢舅公，齊博士看起來樂壞了，笑得很開心。

他告訴我：「啾啾，你知道的，人實在很有趣。你看看，成千上萬的人跑來華盛頓，還捐很多錢給我們的恐龍，你會以為全國的人都很珍惜一隻活恐龍。然而要不是葛議員想殺掉畢舅公，這些人根本不在乎恐龍。人們只有在東西要被奪走時，才會開始緊張，突然想要抓住那樣東西。釣魚跟這有點像，不是嗎？有的時候你已經放棄、開始收線了，魚才會突然跑出來咬餌。」

17 滿載而歸

終於到了回家的那一天。我在華盛頓過得很開心，不過詹校長說我只能離開學校四個星期，而假期已經結束了。我到動物園和畢舅公說再見，拿著耙子用牠喜歡的方式幫牠抓背，然後向牠道別，但畢舅公大概聽不懂。牠現在體積超級大，但依舊對我很友善。何先生說動物園會好好照顧畢舅公，齊博士也說他每星期都會寄一份簡報到我家，讓我知道畢舅公過得好不好。我很高興有好多專業的人在照顧我的恐龍。

齊博士在車站向我道別。火車開動之前，齊博士送了我一顆恐龍蛋化石，裝在一個大小剛剛好的木盒裡。

齊博士說：「博物館所有人都覺得應該送你一顆蛋。你對我們博物館和全世界的科學家做出很大的貢獻。啾啾，我該說再見了，有機會一定要回來看我們，好嗎？」

「一定會的，」我說，「齊博士，非常謝謝你……」我還有很多話想說，可是火車開了，我只能不斷揮手，直到再也看不見齊博士的身影。

火車抵達新罕布夏州的艾希蘭德，老爸、老媽、小欣都在車站等我。我一下火車，大家上前擁抱我，連小欣那個討厭鬼都抱了，還好車站裡只有站務人員，而且他在吃午餐，沒注意到我們一家人。

回到自由鎮，大家列隊歡迎我，要我坐在小喬家的卡車上遊行。雜貨店掛上一張大大的海報，上頭寫著**歡迎譚啾啾光榮返鄉**。學校的五人樂隊站在卡車前，一邊遊行一邊吹奏音樂，大家一路走到學校。詹校長步出校門，非常親切的遞給我課本，雖然我真的不急著拿到課本，明天再給我就可以了。接著遊行隊伍轉彎，一路走到我家。卡車一停下，我立刻下車，因為我覺得每個人都在看我，這實在太蠢了，不過我還是有一點開心。媽媽和小欣在屋子前面擺了一張桌子，放上蘋果汁和甜甜圈招待大家。

那是個美好的十月天，天氣非常晴朗，天空藍到不像話。一眼望過去，到處是紅色、黃色、繽紛多彩的樹葉，就好像大自然下定決心要讓人們看到絕世美景。就連氣味都很美好，對街傳來各種食物的香氣，地上是樹葉散發的清香。太陽下，草和泥土發出芬芳的氣味，最遠的地方傳來一絲蘋果汁的香甜。

我得馬上收心，隔天就要上學了，得跟上班上同學的進度，把前四週的課補起來。日子一天天過去，每天都普普通通，沒什麼令人興奮的事，不過有好多事要做。冬天就要到了，要準備木柴，還得照顧山羊和雞。太陽愈來愈早下山，吃晚飯的時候天就黑了，我們一家人坐著烤火，暖洋洋的感覺真好。

日子雖然平淡，我每星期都會收到齊博士從華盛頓寄來的信，上頭寫著畢舅公的近況。上一封信說，畢舅公現在身長已經將近六公尺，重六千三百多公斤。牠現在長得沒以前快，所以大概不是小嬰兒了，接下來會慢慢長到成年恐龍的大小。

齊博士在信上寫著：「牠還能再長個一、兩公尺、增加個三噸，不過大概要過五十年才會完全長大，之後還可以再活一百歲。如果一切順利，你的小寵物將在很長很長一段時間，都是國家動物園的鎮園之寶。牠胃口很好，一天大約要吃一百八十公斤飼料，但不必擔心錢的事。到今天為止（一月二十八日），動物園已經收到二十四萬又兩百七十二元，而且捐款仍在快速增加。就算以後再也沒人捐錢，畢舅公一直到四十年後都還有東西吃。萬一國會又說要殺掉畢舅公，你可以再到華盛頓發表演講。我猜這隻很棒的美國恐龍有好一陣子都是安全的。」

我要告訴大家的故事差不多要結束了。入冬之後，老爸建議我把畢舅公的事全部寫下來，做成一本書，所以我寫了。每天吃完晚飯後，我便在廚房餐桌上寫，一點一點累積起來。我用了好大一疊紙，有好多東西要講，現在終於寫完了。老爸說最好不要拿給魏老師看，不然等罰寫完所有的錯字，我都年紀大到可以投票了。魏老師最愛抓我們的錯別字和標點符號，還是小心點比較好。

我們一家人最後還是沒去法蘭科尼亞峽谷露營，不過老媽說放春假的時候，我們可以去參觀華盛頓特區，我可以幫全家人介紹所有的景點。但我大部

分的時間只想待在動物園，和畢舅公作伴。如果你們在春天來華盛頓，剛好到動物園參觀，還看到一個小男孩在和三角龍聊天，甚至騎在恐龍背上，不用懷疑，那個人一定是我。

附錄

國家動物園裡的畢舅公

本書敘述譚啾啾的故事，並於一九六八年拍成電影，在電視上播出。譚啾啾發現一個神祕的巨蛋，結果孵出小三角龍，命名為「畢舅公」，後來由於種種因素，男孩不得不把牠送到華盛頓特區的國立博物館。畢舅公在博物館待了一陣子，之後被送到國家動物園。

美國國家動物園的狐猴島附近，有一尊栩栩如生的畢舅公玻璃纖維像。一九六七年，動物藝術家喬路保（Louis Paul Jonas）替隔年上映的電影製作畢舅公塑像，拍攝完畢後，塑像由贊助的辛克萊公司出面轉贈給國家動物園。

畢舅公塑像一開始安置在國家動物園，後來搬到安納寇斯提亞鄰區博物館，再後來則移到自然史博物館。一九九四年，畢舅公回到國家動物園，一直到二〇〇三年都放在原本的犀牛區展示；犀牛區後來在動物園擴建的時候，變成亞洲象之家。

二〇〇七年，國家動物園的工作人員開始修復畢舅公。某位社會賢達為了紀念父母捐了一筆錢，園方得以打造一座恐龍展示花園。

恐龍花園（dinosaur garden）裡種植了各式各樣的古老植物，例如祖先可以追溯到恐龍時代的蕨類、紙莎草、姑婆芋，當成畢舅公的家再適合不過了。

永久展示於美國國家動物園的「畢舅公」（Uncle Beazley）塑像。來源：Wikimedia Commons, SarahStierch

恐龍花園開放參觀。

若需要更多資訊，請掃描以下的二維條碼，造訪美國國家動物園網站，搜尋「dinosaur garden」。

http://nationalzoo.si.edu

院子裡的怪蛋

作者／奧利佛・巴特渥斯（Oliver Butterworth）
譯者／許恬寧

主編／楊郁慧
封面設計／三人制創工作室　繪圖／楊麗玲　內頁設計／陳聖真
行銷企劃／鍾曼靈
出版一部總編輯暨總監／王明雪

發行人／王榮文
出版發行／遠流出版事業股份有限公司 104005 台北市中山北路一段 11 號 13 樓
電話：(02) 2571-0297　傳真：(02) 2571-0197　郵撥：0189456-1
著作權顧問／蕭雄淋律師
□ 2016 年 7 月 1 日 初版一刷
□ 2021 年 11 月 25 日 初版七刷

定價／新台幣 250 元（缺頁或破損的書，請寄回更換）

ISBN 978-957-32-7833-7
遠流博識網 http://www.ylib.com　E-mail:ylib@ylib.com
遠流粉絲團 https://www.facebook.com/ylibfans

The Enormous Egg

國家圖書館出版品預行編目 (CIP) 資料

院子裡的怪蛋 / 奧利佛・巴特渥斯 (Oliver Butterworth) 著
; 許恬寧譯. -- 初版. -- 臺北市 : 遠流, 2016.07
面 ; 公分
譯自 : The enormous egg
ISBN 978-957-32-7833-7(平裝)

874.59 105007548